M E S

象牙塔里的茶花女

（法）劳拉·D 著 时利和 译

C H È R E S

LAURA D.

É T U D E S

作家出版社

"第一个字落在这张纸上，一切由此开始……纸张和笔墨间的融合，我和你之间的融合……爱，一个超越另一个，另一个予以回应。这一刻，两者合二为一。文字，我们之间的冒险，这本书的形成。这一刻让我激动万分。语词和事实中透出的真实感，书写中感到的惊悚……这本书讲述劳拉的故事，但劳拉不是一个人……她同时代表了太多人，我们要睁开双眼，作出反应……"

　　本书与玛丽昂·齐拉合作写成。齐拉，二十三岁，翻译学校学生。

写给掩藏在阴影里的姐妹们……

目　录

引言　不要闭上双眼

他正站在我面前，短裤褪到了脚上。我只穿着内衣，看他一个劲儿地打量我。我知道不消一分钟，他就会要我坐到他身边，然后接下去一个小时，我的身体将不再属于自己。这一小时值一百欧元。

我叫劳拉，十九岁，应用外语专业的大学生，被迫靠卖淫维持学业。

我不是唯一的，在法国，大约有四万名大学生和我一样。这一切发生得如此突兀，我甚至没有意识到便堕落了。

我不是含着金汤匙出生的，从未享受过富足安逸的生活，但至少到今年为止，我衣食无缺。我渴望学习，满怀抱负，始终认为大学生涯将是人生中最美丽、最无忧无虑的时光。我从没想到，大学第一年会变成一场真正的噩梦，甚至迫使我离开家乡。

人在十九岁的时候，不会为了零花钱去卖淫，不会为了能买得起衣服、能喝得起咖啡就出卖身体。之所以这么做，是因为我们觉得有这个必要，而且坚信这不过是暂时行为，解决一下燃眉之急：支票啊，房租啊，生活费啊。卖淫的学生不是那种招摇过市的流莺，也不是黑户或瘾君子，她们并不全部来自社会底层。她们可能是白种人，生于法国，家庭收入较少。唯一的共同点是，她们渴望能在这个学费日益高涨的国家继续学业。您下面将读到的故事发生在法国的一个大城市，我称它为 V 城。我必须保护我的父母，不能让他们知道，永远都不。我是他们堪称典范的女儿。固执，但绝不放荡。

当然啦，会有人批评我没能找个普通零工，让自己摆脱困境。大多数卖淫学生都和曾经的我一样，有过一份零工，但却不足以填补赤字。当一个人急缺钱用时，卖淫带来的可观收入实在是太大的诱惑了。

这是我亲身经历的故事。要把它讲出来并不是一件容易的事。但我最大的目的，是揭开笼罩在学生卖淫现象上的虚伪面纱。学生生活条件的艰难已不容忽视。可到目前为止，了解这一隐患的人却少之又少。

我希望自己的故事能够让人们意识到问题的存在，使其他困难学生不再像我一样，靠出卖肉体换取学费。也希望人们不要仅仅对其他国家的阴暗感到震惊，同时也对法国给予更多的关注。

最后，希望这样的事情再也不要发生，希望人们别再闭上双眼。

1. 通知

2006 年 9 月 4 日

我静静地走在 V 大学校园里。今天不是普通的一天，是我在西意（西班牙语、意大利语）应用语言专业的注册报到日。

两周前我收到了一纸通知，规定必须在今天下午两点半到学校秘书处递交个人材料，领取学生证。我兴奋极了，立刻着手准备：需要的各种文件一大堆，但好歹都弄齐了。最让人高兴的莫过于拿到高中会考成绩单，因为它意味着一个时期的结束。我还匆匆忙忙跑去拍了照，照片上的我绽放着大大的笑容——胜利者的笑容。

今天早上一起床，为了能准时到达学校，我就仔细研究了地铁线路图。我可绝对不想错过注册。因为身上钱不够，我还逃了票。我对自己发誓说，今后一年里绝不再犯同样的错误，一定要去办张交通卡，就算贵得离谱也得办。我坚信大学将会令我的生活发生巨变。

在地铁里，一想到将要见到自己将来求学的地方，而且以后要在那里度过漫长的时光，我兴奋得坐立不安。一直习惯了带在身上的随身听也不能平复我的激动。我甚至反复检查了几次，看东西是不是都带齐了。我可不想到了那里，听到别人说："小姐，很抱歉，您的材料不完整，今天您领不到学生证了，请改天再来吧。"不！我就要在今天——而不是别的哪一天——成为大学生。

我紧张过了头，差点儿错过下车的站。在最后一刻，一帮年轻人欢快的声音把我从幻想中惊醒。他们拥挤着向车门走去，我这才意识到自己也该在这一站下车。我现在要谨记新的身份：我是大学生，不再是高中生了。我十八岁半了。

下午两点整，我走进了校园。出了地铁站以后，我其实不很清楚要往哪里走，于是就跟着刚才车上的那帮学生。我算了算时间还够，就慢悠悠地散散步，顺便熟悉一下新环境。我还特意在地铁出口处的地图上看了一眼自己所处的位置，以免迷路。校园就像一个真正的村庄。路上竖着指示牌，标明各幢楼的方位。我在图上找到了自己将要学习的地方：F楼，语言系。F楼在这一年里就属于我啦。在那一刻，我迫不及待地想认识这幢楼，想熟门熟路地在楼梯上跑上跑下，想知道抄哪条近道能最快到达。我迫不及待地想要成为这个世界的一部分。

我决定在注册以前先去看一眼F楼。毫无疑问，我不能就这样打道回府，而不去见识一下今后三年修读本科课程的地方。我来到了 F 楼前面，九月的阳光挟着夏天的余热，让我眯起了双眼。整座建筑物其实挺一般的，但我不在乎。在我眼里，它就是未来的代名词。

选择语言多少也是身不由己。我本来想学市场营销，进入一所私立大学，接受精英教育。我一直都是积极、活跃、乐于承担责任的人。我喜欢持久的刺激，喜欢销售带来的挑战。我还想尽快获得对于就业市场的清晰认识，希望我的所学与未来职业密切相关。我希望大学的环境和中学那种让我难以忍受的保护主义、愚蠢幼稚呈现截然不同的面貌。最后，说老实话，商校毕业找工作要比从公立大学毕业容易得多，而且薪酬水平也更高。

但这个梦想对目前的我来说根本无法实现。私立大学费用太高了。贷款意味着数年的承诺，我做不到。归根到底，我觉得以自己的情况人家根本不会理我。别说一次性付费了，我连按月支付都没法完成。于是出于大局考虑，我选择了应用语言。我相信拿了西意应用语言的学位后，一定可以再转读商校，毕竟熟练掌握外语也是不可或缺的条件。再者说，拉丁美洲这些年来经济飞速发展，学好西班牙语和意大利语，必将大有用武之地。谁知道呢，说不定我能凭借这个语言优势凌驾于所有人之上？在 F 楼前，我不禁浮想联翩。

我没什么好抱怨的，至少我衣食无缺，但是我从未享受过富足安逸的生活。我父亲是工人，母亲是护士。两个人的收入都正好达到最低生活保障水平。拿这些钱养两个孩子，日子过得紧巴巴的，从来没有盈余。而我又拿不到奖学金。和其他无数学生一样，我的处境很尴尬：远远称不上有钱，可也没穷到够格领取补助。根据家庭收入总额，国家认为我的父母有能力供养我。我没有任何摆脱困境的办法，只能知足常乐。

我缩短了散步的行程，因为我想准时到达秘书处，我想立刻拿到学生证。我几乎跑了起来。

等到那儿一看，早就排起了长队，队伍都延伸到大楼外面了。作为新生，我心平气和，耐心十足。不过他们通知上写的可是务必在下午两点半啊。于是我对大学生活有了一个初步认识：它常常意味着要在行政服务部门的窗口等上好几个小时。

就在我即将加入队伍的时候，两个穿着不同颜色 T 恤的女孩子拦在我面前。

"嗨，你是大一的?"

"对啊，你呢?"我有点儿吃惊地笑道。

其中一个女孩很奇怪地看着我。这不是她期待的答案，所以看上去她也不准备和我展开对话。不过很快就轮到她微笑了：我是一个愿意束手就擒的猎物。

她们接近我的唯一理由是想说服我参加一个学生社会保

险。我很快就从对话中明白，她们是在利用还没开学的时间打零工。这两个人显然是竞争者，彼此之间甚至有点儿水火难容。不需要有什么激烈的举动，光从她们不停地打断对方说话、不停地互相排挤好抢占面对我的有利位置，就完全能看得出来。头一次碰上这种阵势，我真不知道该怎么办。她们说得又快又含糊，我只听懂了一半。两个人都想说服我，于是两个人的演说都让人糊里糊涂。我很起劲地观察着这超现实的一幕，一边也替她们感到难过。她们只是想挣一点儿钱，我敢保证平时她们一定乖驯如羔羊。

"怎么样，你选好了吗?"

两位斗士盯着我，战斗结束了。就等我的宣判了。而我呢，我什么也没听进去。

"嗯……其实……我已经有一份社会保险了!"

没错，这是个好借口。其中一个人非常失望，觉得没必要在我身上浪费时间，掉头就走了。另一个则抓住我又说了几分钟，试图让我相信有时候两份保险比一份要好，况且我的那份也许不是最好的，"所以如果你再好好考虑一下，就会意识到……"等等。

我实在不想面对如此贫乏的说辞，自顾自走开排队去了。时间是下午两点半，也就是通知上轮到我的时候，但我显然不可能越过这长长的队伍进去，有再好的理由也说不通。于是我决定乖乖地排在一个大个子后头。我趁机打量了一眼他手上的通知，和我的是一样的，中间位置用醒目的红色水笔写着"14:00"。下午两点！可他究竟已经等多久了？

我听到另一边有些"老人"——四年级或五年级的人——抱怨着纹丝不动的长队。大概每年都会来这么一出儿吧。不过我才不管呢，今天我既不想也没有精力抱怨。我没有发作，也没有加入大家的抗议。

半小时以后，我终于开始担心他们是不是把我忘掉了。我拦住一个胸前别着大学名字缩写标牌的男人。

"抱歉问一下，我的约定时间是14:30，现在已经过了半个小时了。"

我一边说，一边把通知在他面前晃动。他看都没看一眼，很轻蔑地说：

"是的小姐，跟这儿所有的人一样。"

"所以呢？我继续等？今天真的能轮到我吗？"

"我们尽量。"

"尽量"，这根本算不上一个回答！我刚才经历了和学校行政部门的第一次交锋，没有胜利，也没有释然。

虽然回答得敷衍了事，可我还是决定继续等下去。我暗暗自责没有带本书来——应该充分利用时间啊。不过我还是翻遍了整个包，什么都没有，别说报纸了，甚至连一张愚蠢的广告单都没有。我又后悔不该那么早打发掉刚才那两个女孩——至少可以向她们要个宣传册，至少这能消磨掉五分钟吧。

更不幸的是，我今天精心打扮了一番。我穿上了一双旧高跟鞋，如同奔赴一个重要的约会。可在队伍里这么干站着，我不禁恨自己作出了这个选择。要是胆子大一点儿，我都想脱下鞋子，光脚着地了。

经历了一个半小时的漫长等待，我终于来到了秘书处。我看了看所有忙碌的窗口，想知道谁会第一个空下来。我低声嘟囔着。今天太累了，我的好脾气被磨光了，只想拿到学生证就走。

终于，一个年轻女人向我做了个手势。我冲过去，嘴角挂着微笑："苦难就要到头啦。"她看着我，就像我刚说了个无聊的笑话，其效果只是感动了我自己。唉，要想从这位身上找回点儿精神看来不容易啊！

付钱的关键时刻到来了。

"您用支票付账?"

是的，是我妈妈上周给我的支票。空白支票。我还记得她说："一定要当心，劳拉，千万别掉了！要是让别人拿到可不得了！"我对钱总是很有概念的，支票一到手，我就衡量起它的巨大力量。我小心翼翼地把它放在一个小套子里，又把小套子放进书桌抽屉上了锁。只有我能打开。尽管我信任同住的男友，但还是谨慎一点儿好。谁都说不准。

"是的，用支票!"

"您没有奖学金，但是有学生社会保险，所以总额是……404.60 欧元！"

多么可笑的总额！我把支票递给她，暗暗做了个鬼脸。她一个字都没说，盖了章，在我的材料上到处涂涂画画，然后把领取学生证的窗口指给我。一切都在两分钟内搞定。

管学生证的男人也一点儿都不友好，他几乎是把成绩证明从我手里拽了过去，然后机械地完成了一连串动作：在塑料片上打印我的学生证，递给我，再撕掉后面一张纸。

我可不在乎，学生证终于到手啦。生活的新篇章在我面前展开！我自信、平和，牢牢握住了自己的未来——一小块傻乎乎的塑料片。

劳拉·D　西意应用语言专业一年级

太好了。

我平静地坐上了回家的地铁。

2. 必需

结束了饭店一天的工作，我回到和男友马努共同租住的公寓。我们交往一年多了，从两个月前开始同居。

当时我正绝望地寻找着开学时的住处。我一个子儿没有，父母也不能给我经济支持。而且他们不住在 V 城。而我从拿到高中会考成绩以后，就知道自己会在这儿学习。马努从上大学起就住在 V 城，想到能和他身处同一个城市我很高兴。于是我开始寻找住处。我搜遍了地区大学事务管理中心（CROUS）上的所有住房信息，想找到提供寄居的人家。因为我很快就意识到租住一间真正的公寓要贵很多，想都不用想。我只想要一爿屋檐，可这也很难。我的要求很渺小，经济状况不允许我有什么奢望。

我感觉自己陷入了绝境。我不是奖学金生，拿不到国家的一分补贴；父母根本无力承担二百欧元一个月的房租；我也没有住房援助金。摆在我面前的只有两条路：要不就找份

11

工作，要不就放弃学业，除此以外别无他法。CROUS 优先帮助奖学金生在学生宿舍获得一席之地。打工的学生是不少，但通常他们也是挂科或退学的老面孔。我不能放弃学业，我知道我在拿未来冒险。为了工作牺牲学业也就意味着放弃雄心壮志。

我继续寻找，想在免费报纸的边边角角里搜寻一个奇迹。与此同时我也咨询了集体公寓的相关信息。我试图说服自己这是最后一个机会，先有个容身之处，再考虑其他更好的地方。但是一想到深夜待在集体公寓里，我就鸡皮疙瘩都起来了。沦落到那种境地未免太让人沮丧了。

我无计可施，彻底绝望。有一天当我愤愤地痛哭时，马努忽然冒了出来。

"我们可以一起住！这样多好！两个人来负担房租就不那么困难了，而且能整天在一起！"

他的眼睛闪闪发亮。我喜欢这个主意，但我的经济状况让我裹足不前。

"不行，马努，我没钱！我的钱只够寄居在别人家，可是两个人租一间公寓，想想看……"

"你可以再找份工作啊，学习也不至于花掉你那么多时间！"

我对此持保留意见。马努家庭情况不错，他无法想象我必须面对的所有那些支出。为了让我相信我可以平衡学习和工作，他从学校网上找到了课时数。课程不少，但不妨一试。我被马努提出的这个美好设想吸引了。

"你瞧，你肯定能行！答应我吧，我们能一直在一起，这多棒啊！再说你也没别的选择了！"

没错，我的确没有别的选择了。我开心地扑进他的怀里。第二天马努把我接到了他的住处。这公寓对我来说简直不啻于豪宅。住在 V 城中心的公寓，我感觉自己像个拥有城堡的公主！我把两个沉重的行李箱搁在门口，在房间里四处旋转，把马努也拉入了我的喜悦之舞。

爸妈听到这个消息松了一口气：他们不是很喜欢马努，可这总好过让自己的女儿去做苦工，或者露宿街头。

整个夏天我都在公寓楼下的饭店打工挣口粮。除此以外还有一点儿剩余，就成了我的零花钱。

我和马努是这样分摊日用开销的：他付房租和其他（水、电、煤气等）账单；我呢，由于经济困难，就负责剩下的支出。事实上，尽管他不说，我也非常清楚付房租的并不是他。他妈妈每月把足够的钱划到他的账上，外加一笔慷慨的零花钱。我对此什么都没说，我太爱他了，而且住在他家，尽我所能负担一部分开销在我看来是再正常不过了。我尽力而为。有时候回父母家时，妈妈也会塞点儿东西给我。整个夏天一切顺利。我们在一起很幸福，一起精心烹制爱心餐，有时也和朋友出门喝上一杯。大多数时候我们都坐在电视机前：我蜷缩在他怀里，他嘴里始终衔一根大麻。男朋友就在身边，我尽情地品尝生活，一切看起来都那么简单。

今天晚上我工作得精疲力竭。加了两个小时的班，而且我知道，是无偿的。这份工作把我压榨得一干二净，可这是能让我暂时负担得起开销的唯一出路。我也很清楚，这样继续下去，整整一年都会很累，但目前实在没有更好的办法了。等我有了确切的课程表，我会再找其他工作。

马努就在那儿，坐在电视机前。我兴高采烈地跟他说了声"嗨"，往他身边一坐，凑过去想狠狠亲他一口。但今天有些奇怪，他没有回应我的热情。

"怎么啦？一切都还好吧？"

"嗯，还行。"他支支吾吾地说。

"你肯定？看起来似乎不像……"

马努关了电视，看着我，犹像片刻，终于开口道：

"劳拉，我们今年要住在一起了，我希望你能分摊一部分房租。"

我停顿了一小会儿，但仍然凝视着他。

"好的，我理解。但是我在饭店挣得不多，你想让我付多少？"

"一半吧，三百欧元。你瞧，全靠我一个人不行……"

一个人！他撒谎！我做服务员只有三百欧元的工资，这一点他很清楚，给他交房租以后我就身无分文了。为了自我安慰，我只能对自己说，正好可以借此机会找份新工作。

"好的，我想我得另外换份工作了。"

"没错，我也这么想。还有关于购物，咱们轮流每半个月买一次好吗?"

难道他还想让我负责所有的采购? 简直难以置信!

没钱的人总会处在一种尴尬境地，不敢提出反对意见。我只好表示赞同:

"好吧，就按你说的做。"

我坐在沙发上，打开了电视，这样可以避免开口说话。我只想到这种方法来打破两人之间的静默。晚上我躺在他的怀抱里，说服自己，讨论钱的问题是正常的，这不会影响我们的爱情。

两天以后，我和一家电话营销公司签了半工合同。

3. 开学

2006 年 9 月 17 日

手上拿着课程时间表，我一路飞奔去上课。我刚刚从秘书处进行教学注册出来。原本以为领学生证那天经历了无尽的等待以后，就再也不用和行政部门打交道了，如今才知是大错特错！

行政注册结束以后，要去语言系的大楼注册每一门课程。我一周只有二十几节课。这份时间表让我等得心急，有了它我才能重新安排自己的生活。现在我放心了，边读书边工作看来没问题。明天我就可以联系电话营销公司，调整自己的工作时间。

秘书处把选过课的时间表还给了我，所有这些程序都挺快的，但眼看着第一节课就要迟到了。我扫了一眼表格：应该去三楼上西班牙文化课。我跑上楼梯，求知的渴望促使我加快步伐。

轻手轻脚走进教室，其他学生已经坐好了。我用轻得几乎听不见的声音说了一句"对不起"。老师飞快地扫了我一眼，低头去看点名册。

"您叫什么？"

"劳拉·D。"

他在名单上写了点儿什么，然后打个手势让我坐下。我在一个年轻女孩的旁边坐了下来。教室里大多数都是女孩子，不用说整个年级都是这样的情况。

老师发下一张表格要我们填写，这便于更好地认识每个学生。啊，这些没完没了的表格！直到这一刻，大学和中学似乎没有呈现出多少不同来。显然接下去每节课每位老师都会要求我们填写一份这样的东西。第一周结束的时候，我大概只要几秒钟就能搞定一张了。

表格上有一栏写着"职业规划"。我久久地停留在此处，不知如何下笔。我知不知道自己究竟想做什么呢？想从商，没错，但具体是哪个领域？我确信自己可以从事需要具备强烈责任感的工作，但是否存在一个具体的工作、一个现成的名称呢？我在这一栏记下了自己所有的梦想、所有对未知的期待，以及这所大学可能带给我的希望。但还缺少点儿什么。

我咬着铅笔，仰望着天花板。几分钟以后，我在编织着梦幻的长篇大论下面写了一句总结：

充分地生活。

这显然不是老师期待的答案——如果他真的有所期待的话——但这是最符合我的答案。

我们开始上课了。每一分钟过去，我都在内心深处感谢上苍赐予我在此地上课的机会。为了供我上大学，妈妈毫不犹豫地支付了四百多欧元，她知道我的未来取决于此，而她也希望把最好的东西给她的孩子。我会努力学习的，我会成功的。

课全是用西班牙语上的。我爸爸是西班牙人，尽管他从来不曾用他的母语和我对话，我还是在爸爸故乡度假时学会了这门语言。

老师把一张本学年要读的书单给了我们。

"我对你们的要求很严格，如果你们想获得好成绩，必须把这些书认真读完，而且要记好笔记。"

我不住点头。会的，我会把它们全都读完的。我热爱读书，这不成问题！

"有一些书，图书馆里没有。我提出了购书申请，但始终没有到货。你们只能自己出钱购买了，或者相互借阅……"

这一点让我有点儿沮丧。原版书通常都很贵，至少得十五欧元。我希望能够买得起一到两本，再多就承受不起了。

我看了一眼书单，长长的一列名字让我恐慌。看到有十来本书需要自费，我禁不住牙齿咬得咯吱作响。我迅速地把书单收进包里——我可不想整天都烦恼这个问题，接下去有的是时间考虑呢。

"另外，不能无故缺席。缺席三次以上就失去参加考试的资格。"

很清楚，很明白。通过与否，决定权在我手里，就看自己怎么表现了。

时间过得很快，我没有一秒钟感到在虚度；完全不同于我在中学里每五分钟就看一次手表的情形。第二节课是在阶梯教室，直到这时我才第一次见到了真正的阶梯教室。面对那么巨大的教室，我连呼吸都要停止了。我并不是唯一的一个，很多人都在它面前停下脚步，用几秒钟时间才能适应它的面积。只有重修的学生才对此见怪不怪，匆匆忙忙地去找一个合适的座位。就像在注册时一样，他们是"老人"了，有权感到麻木。

我打量着教室，预感自己肯定会喜欢在这儿学习。我会像是柴草堆里的一根针，湮没在人海中无人辨识。老师才不会停下讲课容我考虑作业的事儿呢。大学提供一种服务：它提供课程，上不上随你。大学培养人的责任心，我只是无数个学子中的一个，但我必须选择承担或是不承担自己的责任。我喜欢这种氛围：它把大家都视作成年人。

我终于找到了大学和中学的断层。即便只过了一天，我也感觉到一切都将不同。高中最后一年给我留下了难以磨灭的印迹。那样的折磨，我敢肯定在大学不会遇到。

高中最后一年，一位历史老师曾当着全班同学的面羞辱我、责骂我。起因是他组织了一次突击小测验，我得了很低的分。这就给了他理由指责我"无能"，我淡漠地眨了眨眼回敬他。我完全可以忍受他的观点，这个老师以及他的想法对我来说无关痛痒：他一向都以对待小丫头的方式对待我。然而下一句话导致了戏剧性的变化。

"没什么要说的吗，劳拉？让我说你什么好呢，我觉得，你有必要好好考虑一下自己的未来了，看起来不容乐观啊。"

仅仅因为我有史以来第一次不及格，他就至于如此大放厥词?! 可是还没完。

"你应该承认，你很不专心，从来不好好上课。付出才会有收获，劳拉。我觉得你的父母很不负责任……"

听到"父母"这个词，我感到全身的血液都凝固了。这个男人怎么能仅凭一个不好的成绩就擅自评判我的家人？我立刻就变得不再是我了。同桌试图拉住我，但已经晚了，怒火流过我的血脉，在以审判者自居的老师再次开口以前，我一把掀翻了书桌，桌上的东西都落到了地上。我从来没有像那天一样激动过。我背起书包，头也不回地奔出了教室。

第二天，我以自由考生的身份报名了高中会考。我已无法再忍受中学里幼稚的氛围，于是毅然离开了它。现在我意识到自己的反应过激了，当初本该收起自己的骄傲。但在那个年纪，我还不能意识到这个问题。父母根本无法理解，他们起初以为这不过是短暂的心理危机。但是一天又一天，看到我早上不再早起，收到我作为自由考生参加考试的确认信，他们了解了我的决心。然而他们还是每天一大早把我摇醒，让我去上学。我偏不去。妈妈求我重新去上课，她甚至哭了。

"你根本不懂！你会把一切都搞得一团糟！求求你劳拉，学习太重要了，你不能这样，一冲动就彻底放弃！到时候高中会考怎么办？你会得零分的！不要就这样放弃，离考试可只有三个月了啊！"

我从来没有把作出这个决定的理由告诉过父母。要不他们肯定会非常伤心。我只是摇摇头，重复说自己不会再回学校了。就是从那时起，爸爸不再跟我说话。我们本来话就少，而我又在两人之间添了一层隔膜：我让他深深地失望了。即使到了现在，当他想要靠近我，想拥我进怀说爱我——我能感觉得到——但是他又停住了，悄无声息地离开了。

三个月时间，我每天按照课程计划上的科目在家学习看书。妈妈瞒着爸爸偷偷帮我——爸爸从来没有而且也永远不会同意我的决定。七月，我的会考成绩评语是"较好"。那天我感到多么骄傲啊！打电话告诉妈妈这个好消息时，她高兴得哭了。晚上爸爸没有说一个字，我们就在沉默中吃了晚饭：绝不可能有任何庆祝的表示，我知道。

今天我明白了，我的运气真的很不错。那真的是一种运气，还是被放大了的渴望和意愿呢？此时此刻，我坐在阶梯教室里，意识到同样的经历不会再发生了。老师一个人要面对那么多学生，他甚至记不住所有人的名字，又哪来的时间评价、指责我们呢？在这里，人人只为自己而学。

我还上了两节小课：翻译、语音。五个小时的课程结束后，我回到了自己的小窝：我的男朋友在那里等我。多么美好的一天啊，还有比这更幸福的生活吗？我有一个爱我的男朋友，我们一起住在 V 城中心；我在学习，虽然钱不多，可是身体健康。夫复何求呢？

我挤进了人头攒动的地铁。今年我会成功的，我知道，我感觉得到，我想要。

4. 日常

我上完课，精疲力竭地往家赶。星期三晚上的课要上到8点，然后还得坐三刻钟左右的地铁。前一天更累：工作结束就晚上9点了。在地铁上我想着马努，我等不及想要见到他。我想着他可能已经做好了小菜，摆好了餐桌，还点了几根蜡烛。

今天晚上，我们将在一起聊聊过去这一个月来的生活。对这一刻的到来，我心中感到担忧：我们彼此都有很多东西要讲，却都选择沉默。如今我俩越来越像同租的房客。我们只有晚上才能见面，而且我一回家就潦草地吃点儿东西，接着便要温书去了。

一开始马努不以为意，只不过有时噘一下嘴，然后对我说：

"去学习吧，你事情多嘛。"

他自己一向都是在电视机前消磨整个夜晚，基本不怎么

23

应付学业。我最后拥吻他一下，悄悄地躲进房里去了。

马努属于那种极少见的人，天赋秉异，做事从不费工夫。我从来没见他真正用功过，可他却照样出类拔萃。有时候我真嫉妒他，嫉妒他聪明，嫉妒他凡事手到擒来。我就不行，常常得努力到深更半夜。

等看完电视，要睡觉的时候，马努会轻轻走进房间。这意味着我得让出房间，去厨房的塑料桌子上继续。我上床的时候，马努已经睡得很沉了。白天实在劳累到了极点，我一躺下来就能睡着。第二天一早，我会按照时间表，要么去学校，要么去打工。

直到现在，这样日复一日的例行程序仍然让我喜欢，因为这是和马努一起度过的。我在电话营销公司大概能挣四百欧元。我把他盼望已久的九月房租三百欧元交了出去，装作不知道他会在夜总会和朋友们一起把这些钱挥霍掉，尤其会用来大把地抽烟。房租交掉以后，我自己就没剩多少钱了，没办法娱乐，没办法逛商店，甚至也不能和朋友们出去玩。但是我不想错过和马努在一起的生活，我们的爱情太美好了，我从没有这样深深地爱过一个人。

可是很快，一个月都不到，事情就开始变味了。马努厌倦了每晚独自与电视为伴，开始整夜整夜出去玩，有时要凌晨才回来。起初我默认了这种事情的发生：我自己又是工作又是功课，实在没时间陪伴他。那时候我还觉得能够保持独立和自由，挺好的。但是没过多久，一个人的夜晚开始显得漫无止境。经常是我回家的时候，马努已经出门呼朋引伴去了。我可以判断他走了多久：有时候客厅的烟灰缸里会留下一小段燃着的大麻。他没有为我等待多少时间。我则被快速的生活节奏折磨着，没有勇气和精力等他回家，于是几乎每晚都独自入睡。我经常想坐在沙发上，把他剩下的大麻吸完，可我从来没这么做过。因为他可能会指责我，但更重要的原因是，这样我就不能好好应付接下来的温习了。

日子一天天过去，马努在我眼里越来越尖刻，越来越吝啬。他所有的钱都用在出去玩和抽烟上。起初我无法接受现实，以为自己想错了。但事实摆在那里。马努无法接受这种简单的同租房客般的生活，而且每天都把他的不满表现给我看。我没办法对此置之不理，就像以前和父母同住时一样。

更糟糕的是，我清晰地感到马努在嘲弄我。他不停地换着新衣，总是做着所有我不能办到的事。我们之间横亘着一条鸿沟，并不仅仅是一条经济的鸿沟——尽管最初，问题的确起源于钱。我感到我俩每天都离彼此更远了一点儿，但我却无能为力。

但是今天晚上，我们约好了要共进爱的晚餐。这事儿我已经嚷嚷一个星期了，因为我们迫切需要一个相处的契机。他答应了，甚至愿意亲自下厨，我只需坐享其成。我特意提前完成了本周的工作。为了让自己到家时好看些，上完课后，我照着地铁的玻璃补了一下妆。其实也就是描了一下眼线。

然而一走到家门口，我就预感到有些不对劲。公寓太安静了，马努可能不在家。不，没必要骗自己，他就是不在家。我仔细观察了厨房，希望发现一些做饭的痕迹，好说服自己马努只是出门买面包去了。但是厨房里空荡荡的，没有任何做饭的先兆。我肚子咕咕叫，已经饿坏了。因为中午没钱买三明治，我就待在了图书馆温书。

我坐在电视机前，哭了。时间一分一秒过去，马努始终没有回来。我试着温书，可是什么都记不住。我开着电视机，可是什么都看不进去。打电话给女伴？做什么呢？她们只会嘲笑我，说男人都一样，不值得依靠。马努不是那样的男人，马努深深地爱着我、关心着我。

午夜将近，还是没有马努的身影。我很骄傲，不愿意打他手机，再说我手机里已经没钱了。我吸完了整包烟，又吸完了桌子上的卷烟叶。他为什么这么做？为什么这么对我？我还不够辛苦吗？才过了一个月，我就已经难以承受了。我从来没有感到不疲倦的时候，可我甚至从来没见到过我的钱—— 一转眼它就不属于我了。

忽然传来了钥匙在锁孔里转动的声音。我屏住呼吸，我还以为今晚见不到马努了呢。我飞快地用手背擦干眼泪：我不想就这样见到他，我的妆都花了。

下一秒钟，马努出现在厨房里。我盯着他，他也用被大麻熏红的双眼看着我，然后，再自然不过地说：

"今天怎么样？你不温书吗？"

我觉得自己的身体都快爆炸了！他不可能是真的问我，他是在嘲弄我。

"你说什么？你嘲笑我？你去哪儿了？你可知道，我等了你整整一晚上！我们今天不是要一起吃晚饭的吗？"

我控制不住自己，大吼大叫起来。我太累了，话语不经思考就从嘴里冲出来，我都不知道自己哪来的这股劲头。

马努低下了头，他知道他伤害了我。

"听我说劳拉，我也不知道怎么回事，可我不是故意的，我发誓。本来我在厨房里，我真的准备给你做饭来着。然后我打开冰箱，发现你什么都没买。这回不是该轮到你采购了吗？没错，轮到你了，可是你没买。"

"就为了这个原因？就为了这你就决定把我一个人丢在家里哭了一晚上？这算是你的惩罚吗？"

"不，劳拉，不仅仅是买东西，是所有这些事情。我知道你没钱，可是我们说好了要分摊家用。而且我今天收到了煤气费账单，钱又增加了。"

他直视着我，心平气和地对我说了这番话。我尽力想理解，可是不明白他怎么竟敢对我说这样的话。我难道做得还不够吗？每次一提到钱，我都觉得尴尬，不知该如何开口。

"于是像上次一样，买东西的只能又是我，否则我们就一点儿吃的都没有了。我受够了一次次妥协，我受够了你总是依赖我。所以我就出去散散心，见了两三个朋友……"

我沉默了，我不知道还能说什么。马努已经吝啬到了极点。为了房租，为了水电费，为了日用品，他都伸手向我要钱，差不多每个月要四百五十欧元。我的工资全给他都不够，只能用妈妈每个月塞给我的零花钱凑数。那实在没有多少，只是她省吃俭用节约下来的一点儿而已。为了省钱付房租，我已经一个月没有给手机充值了。除此以外，我每周在电话营销公司工作十五个小时，还要上二十个小时的课，再加上复习时间。马努呢，他根本不工作，他妈妈每个月给他付房租的钱都被拿来买大麻和衣服，甚至还加上我的钱。一句话，我可不觉得自己在这种情况下得了什么好处：我完全有权利和他一起共享这所公寓。

可是，我是那么爱他，像一个疯子一样爱他。即使到了这时候，我都不恨他。他振振有词，令我无法辩驳。我为自己的软弱感到羞愧：为了这副漂亮的面孔，我对充满了破坏性的严酷目光视而不见。

最后，马努轻轻地把我拥进怀里，我接受了他的拥抱。这一刻一点儿都不悲怆动人，我在他的怀抱中感觉很好，这就够了。几分钟后他放开了我，用他黑色的大眼睛凝望着我，忽然说道：

"听我说，我觉得为了避免将来再次发生这样的事情，我们还是各自买东西算了。这样对大家都简单，而且我们也不会在这个问题上吵个不休了。"

我简直不敢相信自己的耳朵。今天晚上这一幕难道还不够？他还想再给我们的感情重重一击吗？

"你是说……"

"是的，我觉得这样对我们更好。再说我们的时间很难凑在一起，基本上各吃各的，何况我们的喜好也不一样。"

我始终沉默，可心中思绪万千。我还能再说什么呢？我不指望自己说服得了世界上最吝啬的守财奴。这样的小事都能让他耿耿于怀，足以说明他的本性是我难以改变的。他抠门得紧，而且被宠坏了，今后很长一段时间都势必如此。然而他还不明白自己让我承受了多少痛苦：我感到我们的关系在逐渐崩溃。

我点点头，强迫自己微笑，但我和他都感觉到，我们已回不到从前了。钱破坏了我们的感情，或许可以说，真正具有破坏力的是我们所处的不同的社会阶层，他最终还是受不了了。他妈妈就经常说我配不上他。

第二天我上班回来的时候，发现他已经把食品柜里放罐头的地方腾出来留给了我。

5. 饥饿

妈妈把鸡递给我，担忧的目光不曾稍离我片刻，从开始吃饭她就一直注视着我。快到诸圣节了，我回到父母家待两三天，但还没决定要逗留多久。我们正在吃晚饭，爸爸一直沉默着，妹妹则不住嘴地说话。

"这鸡味道不错吧，劳拉？"妈妈对我说。

我知道她在观察着我的一举一动。我用叉子牢牢叉住一大只鸡腿，另一只手也加进来帮忙，狼吞虎咽地消灭着。我实在饿坏了，一个人能顶四个。这顿饭是我这一个月来吃到的最丰盛的大餐。

"嗯，真好吃。"我边吃边说。

我妹妹一个人进行着餐桌上的对话，而我是唯一一个真正听她说的人。我知道自己的存在让爸爸尴尬。他本来话就不多，我在的时候，他便索性默不作声了。

我们相处起来始终很困难，我们互相爱着对方，但这是默默的爱。爸爸非常重视晚辈对长辈的尊重。他二十岁时离开故乡西班牙，离开独裁和贫困，到法国来碰运气。他生长在一个家教严厉、非常看重传统的家庭。他延续了自己的父亲对待孩子的态度，对他的两个女儿（尤其对我）保持着天生的冷淡。我一直都接受了下来，因为这是他爱的方式。

我知道他爱我，但他从来没说过，他从来不曾用语言表达过感情。我是家里最大的孩子，是父母期盼已久的头生孩子，所以我在童年时代得到了许多宠溺。但是随着我一天天长大，和妈妈的关系更亲密，爸爸就变得寡言少语了：或许他是不知道如何与女儿相处吧。当他想要惩罚我时，我表现出来的镇定自若让他觉得不可思议，这在他看来是一种无礼的态度。他一点点地缩回到自己的套子里，对我视而不见。我和他同处一室时，除非迫不得已，他从不主动开口。我知道自己曾好几次让他失望，尤其我决定放弃中学毕业班的学习，让他的失望达到了顶点。我和妹妹都清楚，在这个家里，我们感情上各有偏向：我偏向妈妈，她偏向爸爸。可是我们也没有办法，只能接受这种局面，这也令我们得以避免了嫉妒和怨怼。

我还记得十六岁时，促使我离家出走一个月的那一天。当时爸爸、妈妈、我和妹妹都在客厅里。我看着我们坐着的沙发。这是一个很老的绿色布艺沙发，从我记事起就摆在家里了。因为它年代太久远，有一天，为了掩盖明显的破旧，妈妈决定把它染成深红色。我一边听着电视里的声音，一边搔刮着扶手上一处没有被染色的地方。

我忽然有了个主意：

"说不定咱们应该把它重新染回绿色。它变成红色已经太久了，换个颜色可以让它看起来新一点儿。"

爸爸看都没看我一眼就回答道：

"这沙发从来都不是绿色的。"

他的语气干巴巴的，带着轻蔑的语调，仿佛我说了一件愚蠢的事情。

"不对，它真的曾经是绿色的，爸爸。妈妈给它染色时我还记得呢！"

"我跟你说了，它从来都不是绿色的。"

我花了几分钟，试图让他相信我是对的，我没有记错。我还想把老相册翻出来给他看。爸爸看到我在客厅架子上翻来翻去，忽然毫无道理地发火了。

"你永远都是有理的，是不是！你永远都要显得比别人聪明，显得无所不知，是不是！"

他吼了起来。妈妈和妹妹看着他，惊呆了。我呢，我也不知道发生了什么事，呆呆地站在原地，手里还拿着一本相册。

"我受够你了，受够了你的那种行为、那种腔调。你从来都不知道尊重别人，你要一切都围着你转。这真让我受不了，你就是……狗屎！没错，狗屎！"

他一口气甩出这些话，转身就进了厨房。妹妹听到他的辱骂，发出了一声尖叫。这是多么形象高大、多么直截了当的父亲啊。我只觉得喉咙发苦，握紧了拳头，逃也似的跑开了。妈妈站起来想拉住我，但我把包一抓就要出门，她哭着苦苦哀求，妹妹吊住我的手臂不让我走，而爸爸始终待在厨房里，没有挪动一步。

"妈妈，我待不下去了。你看看他是怎么对我的，这日子过不下去了。让我走。"

"你要去哪儿？做什么？"

"我自有去处。"

我的确找到了去处。整整一个月，我住在一个朋友家里，她父母也在。他们也没寻根问底，只是挪出个地方让我睡觉。他们家很大。我每天和这个朋友一起上学，每周打一次电话给妈妈汇报近况。

一个月以后我回家了，我不能再打扰我的朋友跟她和蔼的父母了。爸爸像往常一样，装作没看到我回家：即使事情平息了很久，他也还是不理我。我感到非常痛苦，却又不知道怎样跟他说，让他了解我的心情。后来我才知道，我离家出走的那天，他的眼里也有泪水。

经过了之前所有这些事情，今天的情形我已经习以为常了。妹妹在餐桌前高谈阔论，为的是打破那种让她不安的沉默。但最后她也厌倦了独角戏，乖乖地住了口。我们在一如既往的沉默中用餐。

那天晚些时候，妈妈把我拉到一边。我想从我一到家，她就有很多话要跟我说。

"告诉我劳拉，你吃得好吗?"

"当然喽，妈妈，您看到了，我今天晚上吃了两次鸡呢!"

"我说的不是这个。你在你那儿吃得好吗? 你和马努有足够吃的吗?"

终于让她注意到了。这一个月里，自从我和马努分开吃以后，我的体重就明显下降了。九月初我还有六十多公斤，看上去显得有点矮胖呢; 但如今只有五十公斤了。每天我都很晚才到家，又累，又要温书，经常没时间吃东西。白天我在学院、图书馆、工作和住处之间四处奔波。再说我的食品柜里除了一包两星期前开启的面条就别无他物了。中午我通常不在学校吃饭，到周末才肯犒劳自己一个三明治。由于常常什么都不吃，我基本上都不觉得饿了。

马努经常和朋友出去饕餮。我想当我埋头于书本苦读的时候，他大概正拿着我交的房租大吃大喝吧。除此以外我们相处得还不错，也没什么争执: 鉴于我们如今很少见面，这样的情况也是正常的。我依然爱着马努，即使在打开他的食品柜，对着肉酱罐头和罗勒酱垂涎时（有了它们我的面将会多么美味啊），我依然全心全意地爱着他。

有一天我忍不住从他那里拿了一片意大利火腿，我想他不至于会发现的。可我实在运气欠佳，他后来肯定数过了，因为他很快发现了这次"偷窃事件"。我不断道歉，反复解释自己太饿了，承诺一定会还给他。第二天我就把火腿还了回去，花掉了我五欧元，这些钱本来要支撑我三天的。我本可以真的只还给他一片，让他好好反省一下自己的荒谬行为。但我不想做得和他一样过分，我不是那样的人。

所有这些，我当然不能和妈妈说，否则她会发疯的，她会用最恶毒的语言诅咒马努。她还会逼我住回父母家，而这绝对不可能。

"别担心，妈妈，一切都好。"

"有什么问题你会告诉我的，是吗?"

"当然啦，妈妈！您别操心了。"

她充满疑惑地望着我。她不相信我，但就算我没说实话，她也只能听着。

几天以后，我离开父母家时，她把家里所有能找到的吃的东西都塞给了我，装了满满一包。她把包递给我，向我眨了眨眼睛。

"路上当心，亲爱的，照顾好你自己。"

爸爸和我握了握手，没有吻我。我们已经好些年没有互相亲吻过对方了。

6. 羞耻

2006 年 11 月 16 日

我在 CROUS 大楼前举步不前。我不确定自己是否真的要进去。还没走到门口我就开始打退堂鼓了。

现在是天寒地冻的十一月。最近几个月我越发明显地瘦了。我有生以来第一次有冷气刺透身体的感觉。今天早上我套了一层又一层衣服：自从瘦下来后，我就一直都觉得冷。随便在哪儿我都瑟瑟发抖，就算在室内（教室里、公司里、住处）也一样。

冬天大踏步临近，公寓还没有开暖气。至少我不愿意开。马努总是一回家就把暖气打开，然后像养尊处优的国王一样躺进沙发。我一直等到他出门，然后立刻把暖气关掉。自从要分摊水、电、煤气账单以来，我就开始这样做了：那些账单可不是一笔小数目！马努无所谓，反正也不是他自己付钱。所以家里常常上演这一幕：他把暖气调高，我就悄悄地把它调低——他才不会愿意帮我这个忙呢。

起初我穿着平时的衣服温书，但很快我就意识到，这样子几个小时一动不动坐着，会让我冷得感到像是在室外一样。于是现在，我学会了往身上套衣服：一件妈妈织的披肩，一件厚厚的冬天穿的运动服，长长的可以拉到膝盖的袜子。马努第一次见到我这副打扮都笑了。我在镜子里端详自己时，有那么几秒钟，也忍不住笑了。其实这根本就不好笑。我终于适应了瘦削肩膀上顶着的沉重衣物，是省钱的欲望促使我接受的。我宁愿让自己看上去像个登山探险家，也不要支付本可以避免的五十欧元账单。

　　我竭尽所能地省钱，不乱花一分一厘。不用说，我已经很久没有逛街了。一来没时间，二来，盯着永远不可能属于自己的东西流口水，又有什么意义呢？所以我就安安分分，满足于浏览橱窗吧。那些流行的华衣美服是和我无缘了。当然有时候，面对同学们标新立异的牛仔裤、紧身收腰的新衣服、价格昂贵的新鞋子，我也恨不得据为己有。我只能贪婪地注视它，直到自己都有点儿不好意思为止，深深吸气，平息这种欲念。我巴不得我足够硬气，说自己憎恶消费社会。不过还是诚实点儿吧：谁没有欲望？谁又不曾受欲望支配？我年轻，身边到处是广告。但凡我有钱，一定早已向欲望屈服了。

　　我羡慕班上的其他女孩，她们年轻漂亮、生活安逸，有些人从来不需要打工。她们的父母有足够的钱养她们。有时候，她们还必须陪妈妈一起逛街，对着某一件新衣服做出矫揉造作的赌气表情，迫使母亲大人屈服地掏出信用卡付账。我不能对她们嗤之以鼻，易地而处，我一定毫不犹豫地效法她们。我是多么羡慕她们的气定神闲啊，而我呢，每次在地铁里看到检票员，我都会发抖，担心自己怎样才能撑完一个月。每次马努看似漫不经心地和我结算房租，我也会发抖。是不是只有我过着这样的日子呢？我所经历的一切都让人感到羞怯，面对朋友和同学更是难以启齿。她们怎么会理解呢？我只能婉拒共进午餐的邀请，关起门来做唯一一件不需要付钱的事情：读书。

若只有这些，我还能忍受，但最大的问题是，我甚至没法填饱肚子。我的食品柜始终空空荡荡，妈妈给的食物早就消灭掉了。面，面，永远是面。每次做饭前打开柜子看到它们，都觉得它们在嘲笑我，好像说：你瞧，今晚你又只能吃这个啦。起初我用番茄酱配着吃，直到有一次因为不消化，彻底反了胃。以后只要一想到意大利面浸在廉价汤汁里的画面我就恶心。"用黄油吧，味道应该也不坏。"

我还有一小罐榛子巧克力酱，它是我的幸福之源。每次我都只吃一小匙，想让它在食品柜里待得越久越好。看到它我就感到些许安慰。

不断感到饥饿的我索性不再吃东西了。然后我发现，到了一定阶段，饥饿感消失了，人体则仍然自动运作着。就这么过了几天，我几乎感觉不到痛苦了。我习惯了中午不吃饭，白天就空着肚子上课。有时候，肚子会在课上咕咕作响，但我自己都不怎么听得到了。

坐在前排的女孩转身递给我一块巧克力，半开玩笑地说：

"吃点儿东西吧，我们听到你的肚子在咕噜噜地叫呢！"

我嗫嚅着轻声道谢，装作感到她的玩笑很有趣的样子；其实我一点儿都不觉得好笑，反而感到羞耻。我默默地、一口一口、慢慢地品尝着这块巧克力。换了在别的地方，我大概几秒钟就会把它吞下去：我实在太需要它了！我勉力克制着，举止端庄，但最后还是用手指沾着落在本子上的几粒碎屑，舔得一干二净。要是还有第二块就好了！

晚上，上完课或结束了工作回到家里，若是还有力气或时间，我就吞下一大碗牛奶泡米饭。如果还想鼓励一下自己，那就再加上"饭"后一匙巧克力酱。听起来似乎很凄惨，但这一匙巧克力酱不啻于镇静剂。我小心地舔舐着汤匙，仔细回味，品尝最后一点儿甜香。我感觉这之后学习效果会更好。

该来的终究会来。一天中午，我在课上晕倒了。我过分地压榨自己，甚至都没有意识到身体已经达到了极限。周围的人都颇为惊慌，但我很快恢复了意识，重新开始上课。有几个人坚持要送我去校医务室，我委婉地拒绝了。我经受的折磨不是医生能解决的。我缺钱。

也就是在这一天，我下定决心要去 CROUS 寻求经济帮助。经济上的困难使我的健康遭到损害，这种情况是我无法接受的。为了学习，为了养活自己，我过得何等艰辛！但是此刻站在 CROUS 大楼前，我又退缩了。我从来没想过自己竟要为了这个理由走进这幢大楼。诚然，许多学生都前来寻求帮助，可这不符合我的性格。我觉得走进 CROUS 意味着失败，意味着我不能凭一己之力解决问题。但是承认现实吧。靠我自个儿是摆脱不了困境了，我需要有人拉我一把。我不想再继续忍饥挨饿。

我走进大楼，在接待处耐心等待。半小时后一位女士接待了我，在我之前她已经风卷残云般地打发掉了一帮学生。我跟她进了办公室，斟酌着如何开口。

"就这些。我来找您是因为经济太困难了，我想知道您的机构能不能提供一些帮助。"

我飞快地勾勒出我的生活：没有钱，马努，房租，不停地工作，还是每天都缺钱。同时我也注意观察了她一下。她听得很专注，似乎的确很关心我的情况。她挺年轻，三十来岁吧，她应该能回忆起自己身无分文的学生时代。

我说了大概有一刻钟，然后静下来。这种等待她的回答的沉默让她轻轻咳嗽了一下。

"我现在能向您建议的，就是 CROUS 的食堂饭票。不贵的，每顿饭只要花不到三欧元！"

我很快计算了一下。我不能每周花掉十五欧元，就为了每天一顿饭！我来这儿是希望能获得较大的优惠，让我负担得起午饭和晚饭。

"嗯，这对我来说也不轻松。我想知道您还有其他措施吗？"

"按照您的情况，如果想要不在食物上花钱，我只看到一种可能：爱心餐联盟①。"

她缓慢地、非常温和地说出这句话，因为她清楚这句话将给我带来多大的震撼。我的确被震惊了。我瞪大眼睛望着她。就这么一句话，我看到了自己身处的社会阶层：也就是说，是最最底层。低到无力提供自己的日常膳食，低到要领取社会向流浪者发放的救济餐。我想我是在做梦，她一定不是当真的。可她仍然凝视着我，用她那充满体谅的大眼睛。

我嘟囔出一声"谢谢"，问她去哪里领取救济餐。她拿了一张纸，用漂亮的手写体写下了地址。她做出很努力的样子，大概是想向我证明她被我珂赛特般的故事深深地打动了。我一刻也不想停留，很快和她道别。她在走廊里热情地和我握了握手，然后用尖锐的声音喊道"下一位"。

走出 CROUS 大楼，我又一次迎上了十一月的严寒。我

① 爱心餐联盟（Les Restos du Coeur）：一个为极困难人群提供免费食物的人道组织。

手里攥着那张小纸片，飞快地走着，好让自己暖和起来。不，我才不去那儿呢，决不。我不想让自己沦落到那种境地，我对自己说：情况还不至于太糟，我没有那么急迫的需求。要是真的去了，就好像是从那些真正一无所有的可怜人手里"偷"东西吃。更何况我无法把自己和无家可归的人相提并论。我有地方住，我有工作，我是大学生。不，我决定了，意大利面其实很不错，我可以接受。说到底，整天与意大利面为伍的，我不是第一个，也不是最后一个。

7. 终结

在所有人的生命中，都有那么一个晚上让人彻底成熟。再也回不到过去。与纯真诀别。为了钱一筹莫展的夜晚是其中一种。因此，我一夜间长大也缘起于钱。没有钱，账单等着我，房租催着我。深夜，我坐在马努的电脑前，疯狂地用鼠标搜索着一个解决之道，几乎控制不住自己的手指。我浏览着一个又一个发布信息的网站。忽然，某张网页下方隐秘的小窗口吸引了我的注意：仅供十八岁以上成年人。分成两类："卖的"和"不卖的"。本能驱使我选择第二类，仿佛要向别人证明什么。但房间里没人，只有我一个。诚实点儿吧，我不就是为了钱才上这个网站的吗？"就看一眼，满足一下好奇心。"我这么说服自己，其实心里很清楚已经越过了一条界线。在没有特殊保护的情况下，我点击了。（十八岁以上，废话！）在"关键词"一栏里，我填上了自己的学生身份和所在的城市。

立刻跳出了全部征求人的名单，我得用鼠标滚动才能看到头。如此说来，就这么简单？我急切地扫过那些信息，它们看起来都差不多。一些字眼反复出现："年轻姑娘""片刻柔情""相遇""寻找"。我也在寻找：找钱，而且要快。男人们欲盖弥彰，以"按摩"的名目加以掩饰。他们大多五十来岁，比我父亲的年纪还大。"爸爸，你要是知道……"和我父亲不同的是，他们有钱，有很多钱，而且似乎很乐意为了香艳的幻想而抛掷——这正是我有条件满足的服务。有些信息提到了酬劳，一般都是每小时好几百欧元。这是真的吗？这些数字在一秒钟内就诱发了我对金钱的占有欲。我想象自己破旧的钱包里已经装上了这笔钱，多么美妙的结果啊！还有些信息里提到了与他们做伴，共度几小时。这也算不了什么。当一个人真正缺钱时，漫长人生中的一个短暂下午，不算什么很大的代价吧。这也许就是我在寻找的解决之道，是我一直期待着的脱困方法：轻松安逸，而且速度快。

　　到目前为止，我都没有享受过所谓的轻松安逸，但我仍然过得不赖。十八岁以前和父母一起住在廉租房里，穿再简单不过的衣服，抽劣质的卷烟叶，这些我都安之若素。到目前为止。当然，和所有人一样，我也会羡慕别人，但从来都不是物质主义者——可能没钱也是原因吧。口袋里不带一分钱，在地铁里逃票，勉强支撑着过日子。有时候也觉得烦恼，付账时也会感到窘迫，但我习惯了。我对自己说：如果做"按摩"的话，选择的余地应该比较大吧。我没有意识到，真实情况恰恰完全相反：我将别无选择。

感官有时会导致荒谬的行为，尤其当它融入黑夜，当它兴奋骚动，渐至狂野。首先是视线，无处不在、难以驾驭的视线。我看到了客厅里我的"书架"上（实则是件不起眼的木头家具）摆放着一沓账单，一周以来我下意识地拒绝打开它们；我看到了几个难得的朋友在附近的咖啡馆递出一张张钞票，帮我付咖啡钱。多年来极力避免的一种设想在我脑海里逐渐成形：有了钱我不仅能学得更好，而且能更爱自己。

我陷入了臆想。我的整个身体都在强烈呼唤这种满足感，连指尖都传达出迫切的愿望。要达到这一切，只需手指轻轻按一下鼠标。轻轻地，一按。我的手不听大脑指挥了，指引着它的是这种明知禁忌却仍沸腾不止的欲望。我的手臂、我的头脑乃至我的整个躯体都知道，有一个终结一切苦难的方法正握在手心里：引发争议又怎样？权宜之计又怎样？我的全部机体都联合了起来，对抗最后一丝残存的理智。管它呢，做了再说。

疯狂占据了我的心神。已经太晚了。我扫了一眼那些信息，对此深信不疑。"还想什么呢，劳拉，打出这样一条该死的信息，你便能解脱了。你很清楚，这是唯一的办法。"别害怕，别退缩，出路摆在眼前，牢牢抓住就是。我一向大胆，现在则已不辨好坏，只想不惜一切代价摆脱困境。从那一刻起，我分裂成了两个人：一个劳拉知道自己是在玩火，另一个劳拉唯钱是图。我甚至感觉自己是在应对挑战：我能做到，我要证明给自己看。于是我敲击着键盘，仿佛在敲打自己的人生，仿佛要彻底驱除日渐增长的渴求。我掌控过理智，而今它已堕落：只要有钱相伴，我将战无不胜。

"马努不在，快趁此机会。"出于小心，我还是看了一眼时间和门口的动静。这个时候他还和朋友们在一起，不会立刻回来。

我飞快地敲着键盘，根本不给自己时间想象此刻正身处怎样的世界。我跌了进去。没错，才五分钟工夫，我就堕落了。一小时以后，我停了下来，心中很满足。我一下子发出了四十几条回复，每一条回复都对应着一个还不存在的、真实的人。透过他们的字里行间，我很难想象这些人的形象，这对我毫无意义。从头到尾我都觉得自己不过做了一场梦。当手指在键盘上移动时，我特意让自己大脑一片空白，什么都不想。现在梦已做完，我迅速地合上屏幕，出门去了。

一夜就够了。从我登出信息的第一个小时起，其他人的需求也相继出现。从某种程度上说，我们是相似的：我们都缺失一些东西。也许我不是在做梦，我的邮箱已经表现出了之前那些行为造成的后果，它们已经超出了我的控制——尽管此刻我在自己家里是安全的。就因为缺少他妈的钱，我如同魔鬼附身一般回应了那些信息，现在则必须面对恶果。女学生果然可以激起成年男性的欲望，我算是得到印证了。双方各取所需，他们想看到性幻想成真，我也想看到自己的梦想成真。

第一条信息总是记忆最深刻的。我的第一个叫乔（一个古怪的绰号）。他寄给我的所有电子邮件都以此署名。乔，通常是约瑟夫的昵称。使用假名在他看来是天经地义的：一方面，为了让即将结交的女孩子觉得他年轻而时髦；另一方面，为了不过分暴露自己。当夜幕降临，欲望攀升，他是否也感到自己分裂成了两个人呢？我没有给自己起假名。我太固执，又没有经验，甚至压根儿就没想过这个问题。我傻乎乎地认为不管发生了什么，劳拉始终都是劳拉。

"五十七岁男人希望邂逅按摩女孩。学生优先。"

他的信息礼貌而谦恭，但是字里行间仍透露出他的迫切心情。他问我有没有禁忌。很显然我得回答"没有"，这样酬劳才会更高。他没有向我要照片，反而发了一张他自己的过来。他五十七岁。完全可以想象他会长成什么样子。此刻我终于面对了现实，严酷的、让人难以接受的现实，我开始意识到了问题的严重性。

我一直都很早熟。然而有生以来第一次，当我读着他的信息时，我觉得自己实在不过是个小孩子。这是个成年男人，年龄几乎是我的三倍。他审慎地表述自己的性幻想，小心地掩藏，笨拙地否认。他要找的是一个单纯的女孩子，可能在他心里表现为穿着褶皱迷你裙、英格兰网格袜，嘴里吮着草莓味棒棒糖的形象吧。接着他关掉电脑，因为他妻子进来了，让他去和妻女一起吃晚饭。晚饭时他的言行很正常，因为多年来他一直向家人隐瞒着这一切。

或许他会看一眼自己的女儿，她比他心里幻想的女孩还要大一点儿。他想她真漂亮，她的未来一定很灿烂。女儿要他递一盘菜过去，他微笑着表示乐意。晚上，或许他会跟妻子做爱，彬彬有礼，懂得自我控制，让对方享受快感。因为他爱她。因为他爱她们俩，真心实意。

我们当然也提到了钱的问题，我为此而饱受折磨。隐藏在电脑屏幕后面，谎言四处飞，还很难被揭穿。从开始到现在，我自如地扮演了一名职业妓女，四处漂泊，不为谁停留。但他谈起了钱，我就愣住了。若是按照本能行事，我恨不得狮子大开口，不过这样会让人觉得我不可信吧。我后来才慢慢知道，你尽管漫天要价好了，对方反悔那是以后的事，大不了坐下来再谈嘛。

这些男人认为，如果一个女孩开价高，那是因为她值这些。至少在我这儿，情况的确如此。惊人的价钱常会让人想象美妙的际遇：或许一位绝色美女就会有足够的魅力让人甘愿一掷千金呢。怎样的价钱换怎样的婊子。他们很可能会想，这些女孩子热衷性爱，难以餍足。她们虽然是学生，却极为放荡，需要成熟的男人，需要刺激的性爱，总之与其他同龄的孱弱猫咪截然不同。

由于缺少经验，我参考看到的其他信息，提出了一小时一百欧元的收费。乔似乎很高兴，他大概没料到自己会碰上这样的好事。肯定也就是从这时起，他确定自己碰上了个新手。毫无疑问，他一定设想过了最天马行空、最狂野淫猥的场景：因为这回他终于可以不用遵循"职业级"女孩设定的种种底线了。

短暂的邮件交往后——我装作老练地和他交涉了一番——我们定下了见面时间。三天后，在火车站附近的一家酒店。为了便于识别，他会穿一件红格子衬衫。尽管我已经有了他的照片，他还是要确保万无一失，可不要白跑一趟。他反复强调，说自己不住在城里，要是辛辛苦苦赶过去却看不到我会非常失望的。他对我说话的口气完全像大人对小孩，就像大人知道孩子要去做一件蠢事，所以千方百计予以制止一样。

我一口答应，我想尽快停止这个话题。但细节已经摆在那儿了。我在脑海里把它们拼凑起来，构成了一幅画面。先是一个男人，我用照片上的那张脸，加一个五十来岁的身体，再加一件红格子衬衫。好，然后我把这个人放在通往火车站路上的某个蹩脚的酒店门口，那条路向来以色情和毒品交易闻名。

电脑一关上，幻想的火花一熄灭，我又回到了平淡无奇的真实生活中。马努还是没回来，这个浑蛋。我决定做一个西班牙语翻译练习，但却没法集中精神。思考了几分钟以后，我做出了不给任何理由，就是不去赴约的决定。我的确玩了玩火，以至烫伤了手指，但我从没认真想过要做。让乔一个人在酒店门口苦等吧，我就待在家，哪儿也不去。

可是那个该死的数字不断在我眼前晃荡：一小时一百欧元。只要等三天。等什么？我都决定不去了，为什么还要遵守这个约定呢？我不去，就这样，到此为止。我在理智和需要之间左右摇摆，避免询问自己的内心——这里面没它什么事。

我看了看自己的食品柜，空的。我看了一眼家具上摆着的一沓账单。我感到头很痛。我一下子合上了翻译的书。

就这一次，没有下回了。

8. 上钩

距离我们交换邮件只过了三天。这样其实也不坏。通过这种方式，我就不太会去想自己的所作所为，而且我太需要钱了。我们说好了下午两点见面，时间为一小时，酬劳一百欧元。不过一小时而已，在我赶去电话营销公司之前腾出点空儿就行。直到最后一分钟，我都没打定主意去还是不去，最后还是空空如也的口袋促使我迈出了关键性的步伐。

说实话，我整个人迷迷瞪瞪的，不知道为什么，也不清楚怎么做，就往那条著名的街上走去，好比去赴一个记事本上没写但本人绝不会忘记的约会。我迫使自己装得满不在乎，随便穿条牛仔裤，套件羊毛开衫就出门了。之所以选择这种基本款，是怕万一在路上碰到熟人。但在普通的外衣下面，没人能猜到我穿着有些挑逗意味的内衣。第一次穿这种内衣，我自己都忍不住笑了，觉得看起来有点儿荒唐。早上淋浴时，我还修了一下体毛。这种事我当然也做过，尤其和马努同居以后。但从没像这回这么认真过，特别是膝盖和脚踝。脚踝是一个微妙的部位。我想取悦那个人，给他留下好印象。至于这些细致的准备工作的真正用途，我自己也还不清楚。

在路上我忽然发现，万一碰上什么人，我还没准备好说辞呢。不过问题也不大，我撒谎很在行，到时候肯定能找到个好理由的。到了车站附近，我不由加快了脚步。到得越快，结束得也越快。

我机械地回忆着给自己立下的规定：就这一次，没有下回。我本应该在走之前抽一根大麻。真是的，怎么就没想到呢？那样一来我会更镇定、更放松，说不定整件事情会变得比较有趣。

我另外还给自己定下了几个奇怪的注意事项：我不能第一个现身，得等他先出现。内心深处我仍隐隐觉得这不过是个玩笑。来到约定的酒店门口，我在十二月的严寒中耐心等候着，观望着来往行人，希望乔快点儿出现，免得我在寒风中瑟瑟发抖。乔，我脑中那个初具雏形的形象，马上就要成为活生生的现实了。

一堆问题自然而然地涌了出来。他跟我说已经订了一个房间。他是不是以真名预订的？当他建议这个地方时我什么都没说，但我觉得这儿有点儿阴森森的。大概他所有的战利品都是在这里检测的，如果自己还满意，再用其他更好的地方诱惑她们。算了，既然只是肉体买卖，何必为了这大动肝火呢？说不定他早就自有打算。

离约定时间还差一点儿，一个上了年纪的男人停在酒店前，镇定自若地环顾四周。"上了年纪的男人"，这是一种礼貌的说法，以免直接说出那个"老"字。所以，一句话，他很老。我从没想过有一天会和这种年纪的男人睡觉。

他跟照片上一点儿都不像。虽然看上去更年轻、更运动，可他不折不扣有五十七岁了。他穿着一件红格子衬衫，一条跑步裤，一双球鞋；头发已经花白，正符合他的年纪；脸中央装饰着一把大胡子，还没变白，是棕色的。没什么派头，但至少还算干净。像这样的人走在街上，绝对不会有回头率，但也不至于让人嫌恶。可是，我就要看到他脱光衣服了！他还要触摸我的身体！想到这些，我已经开始感到恶心，不由得微微颤抖。大概是因为比我原先预想的要好一点儿，我一步跳出了躲藏的地方，穿过马路向他走去。我知道这也是强迫自己不去多想。

他看到我，神情马上变了。也说不出来是变好还是变坏。我们很快地互相亲了一下脸，两个人都有些紧张。不过他很快放松下来，很温和、很礼貌地自我介绍了一番。上帝啊，他那么老了！没错，现在我知道，他的确有五十七岁了。

"你好，劳拉。"

他一面说一面观察着我。

"你好，乔。"

我这边根本不知道还能多说些什么。

我还是忍不住，从头到尾好好打量了他一番，也没觉得不好意思。我从自己身上没有感受到什么温柔怜悯的情绪，反而有一股愤恨之气。他的口音吓了我一跳，让我起了探究的心理：他应该是个地道的乡下人。他的语调、每个句子结尾微微的上扬，都在说明，这是一个早年离开农村到"大城市"闯荡，但始终无法脱去一身乡土气的人。那一刻我甚至想，他究竟会不会付我钱呢。看到他这一身可笑的、廉价的服装，我提出这个问题也是有充分理由的。

他的姿态流露出一种熟稔，说明这不是他的第一次了。他显然对我的外表很满意。我装作没看到他一直翻着白眼盯着我看。我的到来对他来说就是天上掉下个馅饼：他还能期待更好的吗？一个学生，第一次献出身体，而且价钱奇低。他早就偷偷笑得发颤了，而且深感自己的选择英明。

至于我，我发疯般地四下里扫视。从见到他的那一刻我就担心得要命。我迫不及待想快点儿进去，因为我唯一害怕的就是在此时被人认出来。他看到我僵硬的面孔，大概也猜到了怎么回事，领我向酒店走去。这人行道上的第一次见面，他肯定一眼就看穿了我。

我跟在他身后溜进酒店。看他那样子，我猜他了解这一行的门道。

我礼貌地走在他后面，好把自己藏起来。我不想看到前台接待员的目光。他可不是傻瓜，他很明白这是怎么回事：大下午的，在火车站附近订一个房间，显然不是要迎接那些刚结束旅程、从火车上下来的游客。

我藏得太隐蔽了，起先没注意到警察的存在。乔没有放慢脚步，也没有露出惊慌的表情，总之没发出任何信号让我担惊受怕。可警察就在那儿：两三个带着警帽的家伙，在前台聊天。此刻我和他们面对面了，唉，我倒宁愿承受接待员充满控诉的目光。

忽然之间，我意识到其实接待员没什么好怕的，真正让人担心的是接下来几秒钟可能发生的事：我的人生说不定将因此而改变。那些可是警察啊，他们会把我们关进监狱。

我现在就面对着他们。我低下眼睛，惶恐不安，由于危险降临而感到发热，这种我熟悉的热侵入我的体内，折磨我的五脏六腑。我想我完了。二十岁都不到，就为一个平常的错误付出了惨痛代价。我一边走着，脑海里浮现出好莱坞电影一般的场景来：我坐在审讯室，让人眩晕的白光打在脸上，手腕上铐着手铐，越发显得铁椅上的我单纯无辜。然后父母接到通知赶来了，妈妈当然泪流满面，爸爸看都不看我一眼，因为我辱没了家族的名誉。多么可怕的噩梦啊！

我继续往前走，心里很清楚不出十秒钟，警察就会拦住我。我亦步亦趋，跟着始作俑者，跟在这个马上要陷我于牢狱之灾的男人后面。再看此人！他居然对身边的一切视而不见。妈的，你好歹也动动啊，警察要来抓我们啦！

我心里在叫，嘴里却一点儿声音也没出，其实因为我的嘴已经僵硬了。等一下：说不定他不吭一声，是因为早就知道内情！难道这是个便衣？我像条傻鱼一样就上了钩……

我正自我厌憎外加怨恨世道，不知怎么就发现已经进了电梯。他甚至都没提议两个人分开走，在房门口会合。要那样的话至少说明他也是害怕的。可事实上，他对警察根本无所畏惧。几分钟以后事情就见分晓了，简直让人难以置信：什么都没发生。什么都没有。警察看到了我们，这是毫无疑问的，我们跟他们擦肩而过。但是，什么也没发生。

我们继续在电梯里沉默着，他大概已径自幻想着到了上面要对我做些什么，我则刚从和警察正面遭遇的冲击中回过神来，呆呆地发愣。电梯到了，他径直朝房间走去：这个人对酒店一定早已谙熟于心了。

他急迫地掏出钥匙开了门，装着绅士风度地侧身请我进去。我踏进房间的那一步带着决定性的沉重意味。越早开始就越早结束。

我第一个看见的，是掩盖着两扇窗户的、脏兮兮的绿色窗帘。这到底是什么装饰啊？是怎么样的坏品位才会在这样的房间安上这样的窗帘？其他就是一些基本家具。还算大，配备了最低限度的设备：床和床头柜是一套的，靠墙有一张桌子，上面放着部电话机。看到它我就放心了，万一乔暴戾起来，我还可以通过电话呼救。地毯很普通，是深得接近黑色的蓝，我记不太清了。

上锁的声音把我从思绪里拉了回来。乔锁上了门。这可不行！除了礼节上的自我介绍，我们还没正式交换过一句话呢。

"不行，门得开着。"我说。

太冲了！这句话一出口，我就意识到自己的口气过于生硬。对一个马上就要对他献出身体的男人，是不是可以这样决断地说话呢？我其实根本没有意识到。刚才开口的是真正的劳拉，她泄露了内心的真实想法。他撇了一下嘴，时间很短，但正好够我看到。

"就按你说的吧。我只是想两个人，没人打扰。"

他没有违背我的意愿，尊重了我的要求。接下去也许不会很难过。

我激动不安，根本静不下心来，忍不住在那些不多的家具之间走来走去，好像这样能让我的紧张找到出口。

"怎么样，你还好吧？"他问我。

我的压力表现得太明显了，他不得不出口询问。

"是的，挺好的。"我立刻回答，不想纠缠在这种表面的对话上。

"那么，你是学生？学什么的？你今年多大了？"

我没有回答。我非常不安，只顾着看他。他的体形有点儿像运动员，而且除了那件让人恶心的衬衫外，其他还过得去。让我印象深刻的只是他的年纪。

他接着问了我两三个无关痛痒的问题，我都没回答什么。不是没礼貌，而是因为不舒服。

我回过身，又一次看到了那丑陋的窗帘。为什么它这么困扰我呢？它的每个细节都让我厌恶。看料子就知道，这窗帘一定从没洗过。可现在它正嘲笑着我。我知道之所以我看它不顺眼，是因为它揭示出我自己丑陋而悲惨的处境。

他穿过房间，手里提着个我之前没注意到的小箱子，是一个生意人用的手提箱。他安静地把它放在床尾，开始用工具打开。这个场面显得非常不合时宜：想想一个穿着伐木工人那种格子衬衫的男人，忽然变成了娴熟的专家！

他到底在箱子里藏了什么？我警惕地瞄了他一眼。现在我等着他拿出一副医生的用具来，顺带拿出其他容器和工具，要把我切成碎块。要不就是什么新奇玩意儿，可以给我们的见面增添些"情趣"。我忽然忧心忡忡地想：他到底会干些什么呢？说到底我根本不了解他是怎样的人。

箱子放在床上，已经打开了。有那么一阵子，我以为自己身处昆汀·塔伦蒂诺的电影；再走近一点儿，我几乎想象那会是一沓沓钞票。不过事实上，乔递给了我一封普通的信。

"你想让我做什么？当着你的面读这封信吗？"

他始终没说话，只是点头示意。显而易见，他不是什么别出心裁的人，但却绞尽脑汁想营造一个神秘兮兮的场面。好吧，我不得不承认这一招还是有效的。我几乎溃败地手里捏着那张信纸。他写得很用心，而且看了没几行就可以知道，他是精心措辞过的。

你好，劳拉。

首先，你的准时让我满意，我对此表示感谢。

这个疯子！他是不是还写了另一个版本，以备我迟到时用？

今天，我们要一起游戏。请你读完这封信，一步一步按信上写的去做。首先，我想让你脱光衣服。

尴尬的沉默，时间停止了。乔一言不发地站着，双手交叉抱在胸前。这是一次真正意义上的面试。要是我能过赤身裸体这一关，就肯定会被录用。

我缓缓地把信放在床上。我什么都没想，先脱去上衣，然后不等看他的反应，把牛仔裤拉了下来。我迟缓地低下身子，把裤子全都脱掉了。

乔贪婪地紧盯着我，嘴巴张开了。可以猜想，他在跑步裤的下面勃起了。

现在我身上只剩下了胸罩、短裤和袜子。我站在他面前，双手背在后面，向他展示我全部的隐密。我是女孩般的女人，纳博科夫的洛丽塔，而他喜欢这个。我已经完全感觉不到现实了。我咯咯笑起来，想驱散内心的痛苦。尽管我身体纤瘦，我仍然感到非常难为情。情况开始有点儿不对劲，他没再移动，也没有说话，一刻钟过去了。

他长长地吸了口气，嘴唇翕动着。快说点儿什么吧。

"哇哦！"

他短促地赞叹了一声。

就这些。只是一个拟声词而已。没人能体会我当时的感受。我忽然充满了希望和满足。这个我一点儿都不了解的男人，仅用一个词，在一秒钟之内获得了成功：让我明白我的身体很好看。为什么一定得是他呢？我不知道，这无法解释。我只知道这是我有生以来第一次听到恭维并且欣然接受了。在这一秒钟，我把他看成是一个男人，而不是想在我身上乱摸的恶心的家伙。他一定接触过不少女孩子了，但他还是能表现出被深深打动的样子。

我们交换了一个默契的微笑，一种奇妙的、类似于信任的感情在我们之间滋生。

"我不喜欢那些'职业'女子。她们不会有你这样纯真的外表。"

我不知道该怎么应对这句评价。他是否已经把我看成了一个妓女？还是稍微两招就当得起这个词了？

他用下巴点了点那封信，让我继续读下去。我照办了。

> 现在，我要你去洗一个淋浴。很高兴你来了，
> 很高兴我们要共度接下去的时光。

我扫了一眼剩下的内容。接下去自然不用多说了。脱光了衣服，洗了淋浴，我料想下面也不会是玩拼字游戏。

> 劳拉，今天谢谢你来。我很高兴认识你，希望
> 我们以后还能再见。你看上去是个好人。

好人？他怎么知道？是否就因为我想挣钱，答应了他的要求，在他面前脱得只剩内衣？这就是好人吗？信的结尾是一段废话，大概良心促使他写这些，同时也为了取得我的信任。不过这封信还是表达了一种我未曾预料到的善意。这次见面和我想的不同。我还以为这将会是完全放弃思考的一小时，现在居然对着这个家伙动起了脑筋！

我脱下身上仅有的一点儿布料，乖乖地走向浴室。

一关上门，我就面对了一面狭窄的镜子。虽然我尽力避免，但仍然看到了镜中的自己。望着赤裸的自己，我忽然陷入了忧伤。因为此刻我忘记了自己身处的境地。我面对着自己，面对着自己正在做的事。我过去从来没有这么近、这么仔细地看过自己。在听到乔的那一声赞叹后，我对自己的身体感到一种异样的骄傲，我开始认真打量它。我从来都不喜欢我的肚子，不过现在我试着用不同的眼光去看它了。在内心深处，始终有一个声音试图将我的理智拉回。天哪，我夹在两种对立的感情之间，完全不知所措了。

　　由于乔对淋浴的要求，我的这次冒险终于得到了短暂的停顿，这使我不得不开始思考。为了打断思绪，我打开水龙头，调节了水压大小。

　　我做了一件似乎不合时宜的事情：我微笑了。是的。因为我突然发现自己很美丽。我好像又回到了童年时期，这个比我爸爸还老的男人的恭维，就像爷爷对孙女的赞美一样，让我感到满足。

　　水缓缓流过我的身体，我用酒店免费提供的劣质香皂疯狂地擦洗着。我没有任何理由这么用力，因为他还没碰过我。但我继续努力擦着，简直要磨破皮肤。或许我是想要洗掉这个境遇，洗掉他和这个房间，连同他的恭维和绿色的窗帘。

　　洗完澡后，我用大浴巾擦干身体，熟练地在胸口固定。我犹豫了一秒钟，不知道是否要什么都不穿就出去。想到这个问题的时候，我同时想到自己早晚是要在他面前赤身裸体的。与其等他命令，不如由我决定。想到这儿，我的手一把抓住胸口的结，解了开来。浴巾无声地瘫软在浴室地上。

我开门出去，乔已经在床上了，穿着短裤。我第一次看到了他的上半身。没什么好奇怪的，他五十七岁了，体毛是白色的，肚子微微凸起。

"知道吗？你让我兴奋起来了。"他吸了口气说道。

是的，我很清楚。

"好吧，接下去就这么做。"

他停了一小会儿。

"我很喜欢营造情景，我经常有很多这一类幻想。"

他平静地说。

他看到我有点儿窘迫的眼神，加快了语速。

"现在，我要你出去，在外面走廊里等一会儿，敲两次门。等我让你进来，你再进来，然后按我说的做。"

"什么？就现在这样吗？光着身体？"

"是的，就这样，光着身体。"

你确定你不是也想要一百欧元？照这样下去，最后都要变成我付钱给他了！裸体女孩子敲门的幻想也太过头了。要是被人看到怎么办？我开始无计可施了。

"不行。"

"怎么不行？为什么不行？"

"就是不行。"

"我能知道为什么吗?"

他的目光忽然改变了。我从他的声音感觉到，我的拒绝破坏了他搭好的淫乱的布景。而他也感觉到，我可能会阻碍他那些色情猥亵的创意。就算我礼貌地提出反对，看起来他也不会答应。

我开始害怕了。我违反了他的规则。我想如果我不按他说的做，他肯定不会放弃自己定下的目标。

"因为这对我来说很难。在你面前赤身裸体已经是我迈出的一大步了。我不知道能不能再往前走一步。你加快了速度。"

来之前，我没想过要和他说这么多话。我准备在他面前展开身体，任他动作，我自己闭着眼睛算时间就行了。可我没想到要这么戏剧化。我可以在一个小时内装成一条死狗，但不能装作演员一样表演。

我的反应很诚实，他的目光渐渐温和起来。但是他的眼睛深处告诉我，他不会松口的。没错。

"我能理解你的想法。可是别怕呀，相信我，不会有问题的。你只要从这个房间出去一小会儿，然后敲敲门……"

我以最快的速度遵从了。我又一次想到，做得越快，钱来得越快。我的钱。我只有把它想成是我的，才能坚持下去。

我全身赤裸走了出去，一点儿也没有往周围看。多么可笑的场景啊——如果不用羞辱来形容的话！若是马努或父母看到我这个样子……我在外面等了一秒钟不到就敲了门。这样我就没时间去想自己在这该死的走廊里做什么可怕的事情了。然后我飞快地进了房间。他没有让我重做。

我站在床对面，他坐在床上。

"现在，为了我，抚摸你自己。要像你第一次发现自己的身体一样爱抚它。"

我吸取了前一课的教训，立刻照做。双手从脖子抚到脸上，然后不加停留，从后颈摸到头发。我闭着双眼，做出非常享受的模样。

中间有一会儿，我睁开眼睛，想看看他的反应如何，是不是会突然伸手扑向我的身体。可是还早呢，他漠然地看着我，像在看一部蹩脚的 A 片。我继续着，双手做着毫无感觉的姿势，滑向胸部上方，顺便偷瞄了一眼腕上戴的手表，14：29。还有半个多小时。

一切对我来说都太不真实了。不管给不给钱，我都无法扮演魅惑挑逗的女郎，我不会假装。我想回家，我在这儿干什么？我只能把手继续往下游移，却停在下腹部再也动不了了。我实在演不下去了。·

"多摸摸你自己，你得继续让我兴奋起来。"

很显然他不为所动。我彻底无能为力了。我失望地把手垂落到身体两边。该怎么做呢，我甚至不知道手该往哪里放。面对他，我觉得自己傻到了极点，无用到了极点。再说都这个时间了，我终于决定放弃。14：34。

"不行，我做不到。"

"我看到了。你不愿受别人控制……"

他的声音透着古怪的淫猥。

面对他这种想刺激我的小把戏，我差点儿神经质地笑出来，但终于还是忍住了。要是稍加思考，就会发现他说得没错：谁愿意让自己不喜欢的人控制自己？不，其实有一类人是愿意的：需要钱的人。

到了现在，大概只有一个答案能合他的意，就是用孩子气的声音说一句："是的，我希望你成为我的主人。"这当然绝不是我说得出口的。我所经历的一切都和预想的不同。我本以为只是和他上一次床就搞定。我的运气还真不赖啊，摊到这么个不同常人的疯子……

"过来，坐在床上。还是让我来吧。"他嘴唇翕动了足有一分钟，终于开口道。

他的语气坚定，终于要开始真阵仗了。幻想的迫切盖过了他一贯的作风。

我听从命令，坐到了他身边。床罩很难看，一望便知自酒店开业以来便没换过，一道蓝一道绿的，真正的颜色已很难辨认了。

我又一次毫不犹豫便照他说的做了：再做最后一次努力吧，劳拉。14∶36。我现在一丝不挂地坐在床上。他的眼睛、他的脸、他的性器都流露出饥渴。"好好看着，别尴尬。"他要是继续这么欣赏下去，我恐怕都用不着向他展示其他部位了。

"平躺下来。"

哈，这家伙也不傻嘛。14∶41。

他把手放在我的脖子下面，轻轻把我往床上推去。这是我第一次感受到他的手掌，是他第一次触碰我的身体。

我脸朝上，欣赏着斑驳的天花板，等待他的皮肤覆上我的。就在我神志逐渐分散的时候，他的手摸了上来。我微微地惊了一下，并没有吓得跳起来。他先是停在腹部，逐渐往上移往颈部。毫无疑问，他想营造一种情色的张力，可是这对我毫不起作用。第二只手也跟上来了。抚摸着我上半身的动作越来越急躁，速度越来越快。他的勃起也越来越明显。我到此时都没有睁开眼睛，试图让自己相信这不过是场梦。

我不知道面对他的动作应该呕吐还是哭泣。我像具死尸挺在床上。他不就想要一个身体吗？现在他有了。要是他还敢提出别的什么要求，我肯定会扇他耳光。

他没有再提出要求，甚至身体的抚摸也停止了。他直起了身子。我等待着更奇特的新要求。

"坐起来吧，咱们谈谈。"他说。

我不知道这是不是玩笑话。要和他说话，这在协议里有写吗？不过既然他付钱，就姑且当他有所有的权利吧。

"你今天为什么来？"

价值十万美元的问题，换句话说：一个女学生是怎样被扯进这码事的？

"你有男朋友吗？你在 V 城做什么？"

这些问题都牵涉到了我的私生活。我可不能冒着风险跟他讲真话：要是让他探究到我的生活痕迹，那就超出底线，绝对无法忍受了。再说，讲真话他又不会多付钱。

"没有，没有男朋友。"

14：49。只剩下十分钟了，可这是多么可怕的十分钟啊！

"这个钱，是为了你自己吗？"

我摇了摇头。他停顿了一下，说：

"你做得对。"

"真的？"

"你知道，我也有对我来说很重要的人。我离了婚，有一个女儿。比你年纪还大点儿。我又结婚了，这回是跟一个很美的女人，这是不久前的事情。不过和她做爱就不是那么美好了。再说我很早以前就放弃了告诉她我的性幻想的想法。你知道，面对一个不再对你有欲望的人，这可不容易。"

对此刻的我来说，不容易的是要听他大谈私生活。我不明白他为什么要向我吐露实情，我们才见第一面而已。很明显，他要是再这么说下去，我将不可避免地想象他的生活，想象他在这个房间以外的样子。V城很小，在街上偶遇乔一家也不是不可能的。

何况他离开这里以后，肯定得回去见他妻子吧。我不由打了个寒战。我同情他的妻子。她要是知道自己的丈夫定期和年轻姑娘乱搞，会是什么心情啊。尤其是这个人还会在某些"场次"的间歇谈论她。

"我不想了解你的生活。"

我有点儿恼了。他以为自己是谁？逮着人就骗？我看他自己心里才糊涂呢。我再也不愿意说一个字。原以为只要乖乖躺着就能做妓女，没想到还得应付有人倾诉衷肠。

乔温和地反驳道：

"告诉我，和我在一起，你不是既满足了需要又找到了快乐吗？"

这可真是荒谬透顶。我试图从他眼里，从他的声音里，找出他其实不是这么想的。没有。他真的认为我做这些不仅是为了钱，而且说到底我喜欢这种事儿。在他疯狂的脑袋里，他觉得一个女人不可能单单为了钱出卖肉体，必定还有别的理由。同样他还自以为是地想到：其实他也不是一无是处的。让一个上了年纪的、妻子对他已毫无欲望的男人承认，我和他睡觉就是为了钱，难道就这么难吗？

我沉默不语，我甚至已经不再生气，我彻底溃败了。他开始继续抚摸我，抚摸我的胸部上方、我的乳房和我的腹部。他的皮肤灼烧着我、困扰着我，但我什么都没表现出来。好在他始终不曾往下移动，我的下体尚且在安全范围内，这让我从绝望中稍稍感到一点儿慰藉。

"下次我给你带点儿东西来，你会喜欢的……"

乔提出要和我再见。我没有回答，我总不能朝他吼着说这不可能。

"行了，你穿上衣服吧，时间到了。"

下午三点，终于解放了！尾声将近，他很遵守时间，站了起来。

他在小手提箱里搜着什么，我飞快地穿好衣服。他继续恭维我。

"我真的很高兴。我们的第一次接触好极了，我感到非常愉快。你很棒，我没想到能认识你这样的女孩子。而且你感情丰富，讨人喜欢，我觉得你很可爱。当然一开始，你有点儿退缩，不过我本人也是挺害羞的，后面几次就会好很多，你等着看好了。"

他递给我一个信封，我等不及考虑约定俗成的习惯或是礼貌教养之类，当着他的面打开了。里面装着的，不是我原以为的一百欧元，而是二百五十欧元！两张一百欧元和一张五十欧元的纸币。我从来没见过一百欧元的钞票。看到这笔钱，我的第一个考虑是，怎样从口袋里掏出一百欧元而不引起别人的怀疑。我从来不花这么大面额的钱：五欧元已经是我日常经手的最大面值了。

"我们网上再联系吧。不过你要是在 MSN 上碰到我，不要和我说话，我妻子经常会以我的 ID 登录。"

一边说，我们一边按原路下楼。前台那儿已没有警察了，就算在我也无所谓。我整个人都飘飘然的，刚到手的钱给我插上了翅膀。现在我解脱了，一个小时我就挣到了足够摆脱那些账单的钱。

花二百五十欧元就光为了看看我，我真的涮了他一道！这个笨蛋，他还以为我们还能再见面！不可能，就此结束了，绝不会再有下一次。我担心他发觉自己受骗，不由得加快了脚步。我想远离这家酒店，把它抛到脑后。

想到一切都结束了，我彻底松了口气，别的我现在什么都不想了。我还不知道乔这个狡诈的家伙用甜言蜜语操控了我，他才是对自己的所作所为胸有成竹的那个。

此刻我脑子里只有钱，它们现在是我的了，可以让我手头宽松一阵子。下一次我会另外想办法。我轻轻敲着口袋里的救命钱，面露微笑。是的，这一次，我露出了胜利的微笑。

9. 男朋友

2006 年 12 月 12 日

和乔见过面以后，我不想立刻就去工作。还有半个小时的空闲，于是我给几个朋友打了电话，然后去了我最喜欢的咖啡馆，那是朋友保罗在城中心开的。

我到了那儿，自然地微笑着，不露任何痕迹让人猜到半小时前我在做什么。我们互相开着玩笑——这正是我现在需要的，可以让我忘却之前发生的事。我们聊了一个小时的闲话，到了结账的时候。

"姑娘们，很抱歉我没带够钱。你们能先帮我垫一下吗？我很快就还，我保证。"

我当然不能立刻拿出那一百欧元，甚至五十欧元也不行。她们会惊疑的：我可是身上一个子儿都没有的穷光蛋啊。她们很了解我，知道我经常没钱付账。两个人二话不说，拿过账单去分摊了。

"没问题，劳拉。下一次就轮到你请我们了。"其中一个笑着说。

她只是说着玩的。大多数时候，我连自己的那一杯都出不起。我经常提议让她们去我家里，而不是在咖啡馆碰头，可以免得我像乞丐一样讨钱。不过我领了薪水以后总会请她们喝一杯，大家就默认两清了。

今天她们有没有怀疑呢？我尽量表现得跟平常一样：快乐、随和。最近这段时间的确艰难，但我没跟她们吐露任何秘密。她们去我家里的时候，问我吃的东西够不够，我就开玩笑说自己没时间去买。

我花了很大力气试图掩盖困境，她们却也不笨。就算不知道程度如何，至少很容易就能看出来我过得很苦。她们替我付咖啡钱已经很久，连她们自己都不再介意了，但类似的场景仍然会让我局促不安一会儿。不过这一次，我真的感觉到了沉重的负罪感：钱就在我口袋里，够我回请她们许多次了。

晚上我去酒吧找马努。他什么都没给我点，我就干坐在旁边等他喝完那一品脱啤酒：

"嗨，美女，今天过得怎么样？"

"马马虎虎吧，跟平时一样，没什么特别的。"

才不是，这一天可以用任何词来形容，唯独不平常。但是让我怎么开口跟他说呢："听好了，其实是挺正常的一天。

去上班之前，我被一个昨天还不认识的老家伙乱摸了一把，他付了我二百五十欧元。现在我可以付你的房租和账单了，你也可以继续抽你的烟，请全酒吧的人喝酒！不赖，是吧?"

等他血液里的酒精浓度上升到了一个合适的程度，我们启程回"温馨的小窝"去。路上马努跟我讲了些好玩的事情，把我逗笑了。他在微醉的时候会更活泼肆意一些。其实我倒宁愿他这样。

走进公寓的时候，我们安静了下来。今天晚上的那一点儿惬意，连同我们感情的甜蜜时光，已经消失了。我们洗漱，准备入睡，活像已经结婚二十年的夫妇。想到他刚出酒吧时的样子，也许我可以试着让他兴奋起来？是的，我承认自己有过这个想法，就一秒钟的时间。

马努和我很少做爱：就像人们通常说的那样，有"障碍"。所有在一起有些年头的夫妇都会尽力说服自己这是暂时现象。就我来说，我逐渐觉得过程耗时太长，也享受不到多少快感。一段时间以来，除非他找我，否则我不主动要求。为此，忧心忡忡的我甚至还询问了妇科医生，回答是当我们自己不再被对方需求时，就经常会发生这种事。正中要害！他欲望衰减，我性趣缺失，我们可真是般配的一对！和大多数人一样，我喜欢性，认为它在情感关系中是必不可少的。因此我和马努陷入僵局并不是巧合。后来我甚至达到了那种只要他和我做爱就行的地步。但那是在今晚以前。今晚，我意识到，我再也不会想要他了。

奇怪的是，他对此倒不很在意。最近几个月，他全部的兴趣就在出去玩和功课两件事上。谁都没有说出来，但其实谁都感到两个人的关系岌岌可危了。我们没费什么劲就接受了这个结果，因为我们自己实在已经无能为力。爱一旦消失就很难再挽回，付出多大努力也无济于事。

所以今天晚上，在镜子前看着我和他无声地刷牙，我又一次明白我们的感情到头了。这就像一出闹剧。是否就因为今天下午发生的事呢？显然它是一个导火索，但压力早已存在多时。

他会不会跟我说话，随便说点儿什么也好？我从内心深处感到，如果他一个字都不说，如果他猜不到我白天忍受的屈辱，我会受不了的。因为那就意味着，他不再像以前那样了解我了。过去只要我有什么不对劲，他就会在下一秒立刻察觉。今晚，就在今晚，我需要他的肩膀，需要他的手臂，保护我，让我遗忘。

我钻进被子里。沉默让人窒息。不，不要在今晚，求求你马努，别无视我的存在，抱住我。他上了床，看都没看我一眼。他似乎已经想沿袭我们最近习惯的姿势：翻过身，背对背。这一刻，我目睹了几个月来自己拒绝看到的真相：我们的爱情死了。

就算他现在躺下了，闭上了眼睛，我仍然抱着希望，等他开口。我主动试探道：

"晚安。"

"嗯。"他迷迷糊糊地应了一声。

"好的，晚安，马努。再见!"

10. 孤单

2006 年 12 月 13 日

刺耳的闹铃声毫不留情地把我从睡梦中惊醒。昨天晚上我没睡着，翻来覆去想着白天的经历。后来我就爬了起来，在厨房抽了很多烟，甚至试着看了一下意大利文化课的内容，结果什么都看不进去。我的脑子里塞满了各种想法，直到早上五点，实在太累了，才不知不觉睡着。

马努仍睡着。我看到他默默对着我的裸背。我把闹钟摁掉，忽然想起了昨天。噩梦。很多的噩梦。

昨天夜里我就知道，我和马努完了。我们曾经充满激情和默契，但这样的爱终于慢慢地烧成了灰烬，而我只得眼睁睁看着，无力挽回。这个早上，我独自起床，面对乱糟糟的现实，感到了深深的孤单。我将永远记得 2006 年 12 月 12 日：我生命中的许多东西就在这一天改变了。

不过留给我胡思乱想的时间可不多。我得起床上课去。其实眼下我只想做一件事：趴在床上痛哭。但这是不可能的。不管发生了什么事情，我每天还是必须按时起床。我还是必须背着这一天的重负生活。此时此刻，我恨自己。虽然穿着睡衣，被衣料遮盖，我还是觉得自己被玷污的身体展露在了所有人面前。它浸透了罪孽，肮脏不堪，让人侧目。我觉得自己很脏。要是乔真的占有了我，感觉是不是会更加可怕？

我摇摇晃晃爬了起来，感觉身体已经不属于我了。在浴室里，我一动不动地让水冲刷身体，整整一刻钟。然后我拿起一块海绵，用尽全身力气拼命擦着，直到皮肤发红。即便如此我也没有停手。我想抹去这个污垢，连同不堪回首的昨天。是的，昨天我失去了一切：马努和我的自爱。就为了二百五十欧元。

我得跑去赶地铁了。现实催促着我，我甚至没有时间悲叹自己的命运，得赶快去上课啊。可我怎么还能上得了课呢？我清楚地知道，自己今天将无法集中精神，肯定什么都看不进去、听不进去。脑海里不断有声音回荡，说我不过是个妓女。我为了钱出卖了身体。我在男友上课的时候把自己卖给了一个陌生人。我什么都不是，我很脏，而且将会脏一辈子。

我安静地换上衣服，关上了公寓的门，也关上了我和马努之间爱的门。我再也不能用纯真的眼神看他了。我不仅骗了他，比这更无法原谅的是，我还欺骗了自己，我卖淫了。

说出这个词的时候我觉得喉咙发痛。但它不止一次从我脑海里冒出来，因为事实就是如此。

早上结冰了。我走得很快，想摆脱刺骨的风，也隐隐指望这个速度能麻醉我的思想。羞耻和气馁令我连哭的力气都没有了。

然而从家里到学校的路程并没有让我平静下来。进了地铁，空了下来，人就免不了东想西想。即使心里不情愿，也还是必定会想到自己、人生以及真实的自我。我就这样无意识地、出离自己意愿地想着。我感觉车上所有人都能从我脸上看出我昨天做了什么。我觉得脸红，于是把头埋进厚厚的围巾里。

哪怕我仍和马努在一起，我敢肯定他早晚会有所察觉。我的罪恶感太过深重，会不自觉地从内心深处泄露出来。昨天夜里我睡得少，但今天，我知道自己甚至连睡意都再不可得。从今以后，这件事将永远萦绕在我的脑海中，我将不得不为这个错误付出余生的代价。

我挤出了喧闹嘈杂的地铁，生活的前景比从前更黯淡了。有一件事可以肯定：学业成了我唯一的避风港。马努曾经也是，他是唯一值得我为之奉献、为之付出全部的人。但如今已经结束了，我不能再随波逐流，我要重新把握自己的命运。曾经的错误，我发誓不会再犯：因为就这一次便让我失去了自己深爱的男孩。我绝不能重蹈覆辙。

11. 停车场

"我绝不能重蹈覆辙！"这话说得太早了点儿，等到账单付清、房租交完，我又身无分文了。眼看苦役又在眼前，我必须得先找个地方落脚。可是怎么找？一个朋友答应收留我一阵子。她一个人住一间公寓，我觉得她心里应该为多了个伴而高兴吧。

我在她家准备开了第二次约见。我又一次回应了那无数信息中的一条：想找女学生的有不少，我轻而易举获得了新猎物。

生活还在继续，我只能独自应对。由于得找一个新住处，我的支出大大增加，电话营销那份兼职的钱已无法满足。我再一次面临着经济上的绝境。这已不再是暂时的手头困难，我感觉如果没有对策，同样的情况将一再发生，我就永远不能有出头之日了。如果我想住在自己的公寓里，就必须付出代价。

我现在既要工作，又要上课，还能做些什么呢？其实这个问题的答案我已经知道了。虽然对自己发过那么多誓，但那扇门始终打开着，引诱着我。

和乔的那一次，在我看来都算不上是真正的，当时种种让人难以想象的经历使我产生了矛盾的感情。一方面，在他面前一丝不挂，忍受他异于常人的癖好，让我觉得恶心；另一方面，我认为最后还是我愚弄了他。这第一次其实极为可怕，因为当我再一次缺钱的时候，这个选择就徘徊在我脑海里挥之不去了。

于是我又和另一个人牵上了头。这回我偷偷摸摸用了学校的电脑。我的想法还是那样，希望通过这次碰面解一下燃眉之急，至少租房等所要用的款项都得有着落。我们谈好了每小时七十欧元，两个小时，当然酒店开房的钱由他付。

他很年轻，只有二十六岁，名叫朱利安。我自言自语，也许跟他睡比跟乔那样的老头要容易一点儿。我对他的动机也有些好奇，是什么促使他找妓女呢？在他这个年纪要找个女孩子并不是什么难事啊。

我们在城中心一家饭店门口见面。这一回要是碰上什么熟人，我可以毫不困难地找到理由：我和他年纪差不多，这就有好处。别人看到我们在一块儿不太会疑惑，但我跟乔一起的话就难说了。

他没有让我等，我到的时候他已经在了。只一眼我就明白为什么他要联系我了。他看上去非常落魄。从体型上说，不怎么起眼：不算高大，但也不瘦小，稍微有些驼背。发型太可怕了，一下子就把他归到了乡下人的行列：因为剃了平头，头发竖着向两边分开，毫无品位可言。

他的服装也有待提高，我在心里略带嫌弃地评判着。褪色的深红色羊毛衫、没有型的牛仔裤、发霉的篮球鞋。整体看着让人发笑，明显是穷光蛋的样子。这样的人我在街上碰到，绝不会想回头看第二眼，反而倒可能成为我和女伴们讥嘲的对象。我们是不是有点儿残酷呢？或许是吧。

我们互相亲了一下脸。他看上去局促不安，好像已经在懊悔来见面了。进饭店的时候，我希望别人别把我们看成一对。不合时宜的骄傲啊。幸好我也没穿得太隆重：一条牛仔裤，一件短上衣，性感但不露骨。

饭店跟他一个样：乏善可陈。没有任何装饰，白的墙，排成行的桌子。白色的灯光恐怕是最妨碍我的存在了，因为它照得太亮，让我们无所遁形。我倒也因此可以好好端详一下这个地方，只有一个词形容：丑陋。老板甚至都不愿费点儿力气，做成轻松随意的咖啡店模样，那倒挺合我胃口的。看起来我的妓女生涯将和这种糟糕品位一路为伍了，大概是为了提醒我自己的所作所为也同样糟糕吧。不管怎么说，就算我欣赏这个地方，由于是跟主顾一起来的，我自己肯定不会来第二次。主顾？没错，我正在卖淫。

服务员把我们安置在一对夫妇旁边一桌。饭店拥挤不堪，所有桌子几乎都靠到了一起。我感觉到朱利安越来越僵硬了，他本来想坐在周围没人、不太起眼的位子上。我们入了座，沉默了一会儿，我猜他一定在桌子底下搓着双手，苦苦寻思怎么开口吧。我决定帮他一把，一方面出于同情，另一方面，我可不想一晚上干坐着一句话不说。

"你在 V 城做什么？"

"我在郊区一家企业工作，这工作还算有趣……"

才说了一句话我就厌恶他了。我的目光不离开他，可心思早就飞去了别处。明天我一准想不起来他说的话。我只能记得他说了一堆废话，让人想睡觉的长篇独白，正好可以掩盖他再明显不过的尴尬。这家伙真是一点儿趣味都没有，跟他的工作一样。

我无聊至极，又怕伪装不好被他看出来，还是自己出马逗逗他吧。这是我最大的缺点之一：一旦发现别人的弱点就残忍地加以利用。我对自身充满了怀疑，但表面上总能糊弄过去，不叫别人发现。所以我很不明白为什么有人连这点儿都做不到。我暗自思量：这家伙很明显是个失败者，而且更不幸的是，让人一眼就看得出来。

我打断了他愚蠢的长篇大论，并不觉得抱歉：

"你今天为什么来这儿？"

"这儿？你是说，这个饭店？"

"哦。当然不是！我是说，这儿，跟我见面。你为什么要贴消息找'按摩女郎'呢？"

看得出来，我的话让他有点儿慌张。我的放肆冒犯和咄咄逼人的语气让他窘迫。他慌乱地向左右张望，担心这话被人听了去。我甚至看到他额头上冒出了汗珠。这个蠢货！难道他以为，我会傻乎乎地和他吃饭，假装不知道他的唯一目的就是跟我睡觉吗？看来他其实并不清楚自己究竟想要什么。

"嗯……这个……很难说清楚，要知道……我从没做过这种事，这是第一次。"

你就直说你想奻女人吧。我开始暗暗诅咒男人了。

"就是，我结婚了……跟一个很好的、很完美的人……但是在性的方面……我不知道究竟怎么回事……这很复杂……"

"我敢肯定不会那么复杂。你太太性冷淡，是不是？"

我得承认，我是挺直截了当的。他吃了一惊似的坐直了身子，但随后就垮下了肩膀，看来我说得没错。我一针见血地戳到了他的忌讳。见鬼，没道理让我一个人痛苦的。

"唔……是的，就是这样……她对我没什么欲望。起初我以为只是暂时的，她会好的，你明白吗？我们结婚一年了，但是从性的方面来说什么变化都没有，恰恰相反。她每次都推开我，我又不敢强迫她，也不敢跟她谈。我也没什么朋友可以说这种事……"

现在清楚了，这个男人绝望了。过早地跟青梅竹马的女友结婚，身边没有一起快活的朋友，于是只能转向妓女吐露痛苦、寻求安慰。他没有真正意义上的社交生活，所以寄希望于我来填补这一空白。他一旦开口就停不下来，眼下又继续唧唧咕咕：说他感到很孤独，说工作其实一点儿意思都没有，还有其他很多我左耳进、右耳出的事情，于是我再次打断了他：

"没有性的夫妻，那就不是爱，只是友谊。"我生硬地说。

他看着我，好像我说了很了不得的话。其实我的想法没那么夸张，可这个人实在让我恼火，面对他我不由自主地变得残忍。而他倒似乎真的受到了沉重的打击。

此时此刻我才明白，所谓欢场女子的生活不仅仅停留在性上。很多客户找妓女，只是为了说话，倾诉他们百无聊赖的、充满束缚的生活。我可不打算接受这种状况，听一个发情的男人发牢骚。我自己的问题就够多了，而且就算我自己无忧无虑吧，我也不能再忍受他了。我们的交谈转向了危险的境地——他说了太多过于隐私的东西。我正在充当他的"心理医生妓女"。他强迫我思考，这和欢场的劳拉应该没有任何交集：所有这些一点儿都不"欢"。

这顿饭越吃下去就越变味，我听了很多关于他的事情，彻底陷入了他的日常烦恼中。最糟糕的是，换一个别的情况，我会觉得这个人讨人喜欢，大概还会安慰他。但现在，我做不到，甚至听不得他继续废话，我再一次打断了他：

"好了，说实话吧，你很想做是不是?"

他吓了一跳，我让他害怕了，其实我也吓到了自己。我竟变得这么粗鲁、这么挑衅！但我控制不住自己。这家伙就知道绕弯子，让人生气，我决定还是由我来结束这个夜晚吧。

"嗯……是的。"他松了口气，终于有人替他说了出来。

"很好，该走了吧。"

我看到他立刻惊恐万分。

"嗯……走? 现在?"

"是的，就现在，今晚我们谈得够多了。"

我不想再无休止地听他说下去了。这个男人是为了"按摩"找到我的，可我们却在这个破饭店里大谈他空虚的人生。现在，是时候撕去可笑的伪装了，越快越好。

"可是去哪儿? 酒店吗?"

"你有去酒店的钱吗?"

"你瞧，我不知道……我都不知道是不是还想。"

"你当然想。你找我，就是你想。"

他用狗一般可怜巴巴的眼神望了我几秒钟。我伤害了他的自尊，但不管此刻他显得多么卑下，他还是勉强忍受了。

我可不想在度过这样的晚上之后分文不取地回家。几分钟以后，他叹了口气，似乎终于不用我再重复了：

"我知道附近有一个停车场……"

他二话不说结了账，然后载我去了他口中那个超市停车场。深沉的夜色下，什么都辨不清。我倒放心了些，像得到了保护一般。

虽然刚出饭店时朱利安努力给自己鼓劲，摆出了坚定的气概，但到了这里，我发现他又开始尴尬了。他神经质地搓着手，试图用乱按车上的按钮来转移注意力。他害怕被人发现，其实我也一样。

"你冷吗?"他问我。

眼下正是严冬，夜晚的寒意的确侵袭着我们。我俩坐在停车场的汽车里，警惕地确保没人能看到我们做爱：这样的境遇未免凄凉了一点儿。

"有点儿。"

"那正好，我来开暖气。"

我没经他同意就点燃了一支烟。他旋转着暖气的按钮。车子里逐渐温暖起来，他继续搓着手。既然他犹豫不决，那就只能让我主动了。我的手隔着他的牛仔裤摸上他的胯间。没有勃起。我抬眼望他，询问原因，其实心里已经有点儿数了。他目光中透着羞惭，对我说：

"我有点儿……呃……有点儿紧张……"

为了不让他继续说下去，我开始更重地抚摸他。没有反应。整整五分钟过去了，我坚持着自己的工作。我敢肯定要是没得到满足，他会结束会面，而且一个子儿都不给我。我已经忍受了一晚上的心理煎熬，怎么能空手而归呢？他自己也为身体毫无反应而局促不安，害羞地嘟哝道：

"要是你脱光了，可能会好一点儿……"

这是他第一次试图接近我！没想到他也有这么敏捷的时候：这句话一点儿不像他的口吻，也不符合他的个性。不管怎么说，我就在这辆停在停车场中央的汽车里脱光了衣服。当时的我只担心一件事：被人发现。看得出来，朱利安也和我一样害怕。

他先观察了几分钟我的裸体，然后开始触碰。我再一次把手放上他的牛仔裤，仍然没有反应。他显然不敢把目光往下，于是满足于欣赏我的上体。我隔着他的裤子不断努力。渐渐地，我感到他兴奋起来了。他很快脱掉裤子，翻倒座椅。他的身体覆上了我的，他掏出了安全套，几秒钟以后他进入了我的身体。

我无法形容当时的感受。一定觉得恶心。我的思想在别处，我已经什么都感觉不到了。朱利安成为了"他"，一个无人称的"他"。第一个"他"。这太可怕了，我无法忍受他在我身上动作，我不要这样。一切都变得模糊，我闭上了双眼。我感到自己肮脏至极。我咬紧牙关抵抗着厌恶感。我感到巨大的空虚。我在脑海里不断对自己说："行了，现在你是妓女了，你把整个身体丢给了一个陌生人的性器。"

我不再是刚才那个恶毒的女孩子了。没有挑衅，也不再放肆。最后赢的人是他：他得到了他想要的。我必须想着钱，记着自己的目的，但是这一刻太残酷。真实的"我"已经不属于我，它离我前所未有的遥远。我已经无泪可流，只有用一阵阵恶心表达我的生不如死，只有用堆积的账单强迫我理解自己的行为。马努，你在哪里？我怎么会走到这一步？我不要他碰我，可我为什么必须忍耐？我的处境为什么这么不公？我只能狠狠咬紧牙关，否则就要叫起来了。"马上就好，劳拉，别睁开眼睛，马上就完了。"

他很快就停了下来。享受过以后，他的意识终于凌驾在了利比多之上：

"呃……劳拉……咱们最好还是走吧。"

我没有看他。得知终于不用再忍受下去，我高兴得都快哭了。

"我会付你这两个小时的，你别担心。一共是一百四十欧元。"

"好的。"

手中的钱和乔给我的有同样的味道：速度快，但是充满禁忌，而且无比艰难。

"我送你回家，好吗?"

我点头同意。我们安静地上路，我再也说不出一个字。

离我家还有一段路，我就让他停车。我们很快地互相亲吻告别，两个人都有点儿不自在。

"再见！"

"再见，劳拉。勇敢点儿！"

我径自下车。他立刻起动开走了。

没错，勇气，我需要勇气。不仅要勇于接受这些污点，也要勇于承认我已经对这种快速挣钱的方法上瘾了。

我加快脚步，在冰冷的漆黑的夜里回家。朱利安此时正向他的妻子驶去，她正暖烘烘地等着丈夫，而我则孤单地躺在床上入睡。我冷。

12. 表象

2006 年 12 月 24 日

妈妈摆好了餐桌，端出了一盘盘诱人的佳肴。三个月过去了，我自然又饥饿得像条狼。今晚有五个人一起吃饭。爸爸带回了一个朋友，免得他一个人过圣诞。每次看到爸爸做这种事我总是很感动，但我不懂为什么他不能用同样的方式对待我。

这位朋友的到来活跃了气氛，所有人都很开心地交谈。所有人，除了我。我没有过节的心情。圣诞假期对我来说是有毒的甜点。开学后就有小考，我必须认真复习。在两周的假期里，我没法休息，而是要继续在电话营销公司打工，挣一点儿可怜的生活费。我必须挣钱。可是一旦不用工作，我在家就不知如何是好。没有课上也使我浑身不对劲。学习是我的避难所，让我免于思考。去学校的话就不用待在家里，好歹能跟社会有些联系。从九月份开始我就很少和朋友们见面了。我的时间被学校和电话营销公司分割。其余时间则全部贡献给了学习、上课和读书。

这次家庭聚会是一场假面演出。爸爸扮演着完美的主人角色，殷勤地给他的朋友布菜。他甚至照顾到了我，他想树立一个关心家人、尽善尽美的父亲形象。我听着他说话，这种事他在只有我们四个人的时候从没做过。我爸爸是个魔法师，他懂得在公众面前适时转变，并戴上面具。

可这对我不管用了。换了以前，即便知道第二天他就会恢复原貌，不再对我说一句话，我也会接受这种小把戏。我会利用这个机会好好拥抱他。我会让别人相信我们很亲密——因为我实在太想感受到这种亲密了。但是今年不同。我不愿再乞求他施舍的那一点儿爱，我不愿再被如此忽视。如果他真的关心我，就应该意识到我过得多么艰难，意识到我从九月份以来减了差不多十二公斤，意识到我每日以泪洗面。也许他只要靠近我一点儿，就会明白我为了挣钱而做出的行为。

我愤愤不平，根本无法融入其乐融融的晚餐氛围。我破坏了爸爸的计划：客人发觉我压根儿不想夸夸其谈。我对爸爸责备的目光置之不理，我不想再演戏了。妈妈试着填补那些沉默。她肯定害怕我蛮横无礼、出言不逊。爸爸指望妹妹能积极参与谈话。他向她倾倒了一堆问题：学校啊，朋友啊……害得她连喘气的工夫都没有。但是妹妹还是很高兴，她觉得自己说的话终于有人愿意听了。

丰盛至极的晚餐过后，拆礼物的时间到了。妈妈很喜欢圣诞节，也非常尊重节日传统。她在客厅里安了一棵大枞树，把礼物放在树下。她甚至拿出了耶稣诞生马槽的模型。我们家没人信教，妈妈也不是教徒，她只是热爱这一套游戏般的程序。我知道她心里暗暗遗憾，不能献给我们一个礼物满天飞的神奇圣诞节。为了稍加弥补，她就把重点放在了装饰上。我爱妈妈，每次她排除万难讨我们开心——不仅是圣诞，整年都是如此——都会让我感动不已。这真是一位永远不放心自家孩子的慈母，尽管她总是用对成年人的口气和我们说话。她的这些努力成功了：我看到那个装着小人儿的马槽模型和那棵闪闪发光的圣诞树，不由得为今晚能和她共度感到高兴。

我们的圣诞节从来都没有堆成小山的礼物，大家都习惯了每人只收一件。妈妈总是想方设法送我们一些意义非凡的东西，让我们忘记数量上的遗憾。我和妹妹如今对礼物都不那么在意了，但是小时候，面对学校同学那些仿佛来自《一千零一夜》故事的礼物，我们都嫉妒得发疯。时间流逝，我想当时那种反应对孩子来说也是正常的。

尤其今年，我对礼物没有任何期待。我什么特别的都不想要，因为我需要一切东西。但是"一切"对我父母来说是虚幻的、难以企及的。

我打开了属于我的礼物。我慢慢地撕开苹果绿包装纸，看到了一双黑色高跟鞋。这双鞋是我和妈妈诸圣节那天在商店看到的，我当时跟她说过我很喜欢。我从没想过她会特意去买下来。我紧紧地拥抱妈妈，深深感谢她。而且，尽管我知道礼物的选择没我爸爸什么事，但我还是隔得远远地感谢了他。我们互相不亲吻，也不拥抱。

我想念马努。分手后我就没了他的消息。父母知道我们分开后很是松了口气，他们不喜欢马努，觉得他太赶时髦。我相信在妈妈看来，没有人真正配得上我和我妹妹。

要是她知道……她一定会深深地憎恨马努。她先是会整日以泪洗面。当悲伤转化为怒火，她要寻找一个罪人。她大概会先责怪自己，然后是马努。一旦知道马努让我付很多钱，而自己几乎不掏口袋，她绝对会认为马努是促成我卖淫的罪魁祸首。她会气得发疯。她会徒劳地寻求解答。时间慢慢过去，一切将成为一个不好的回忆，她会帮着我去忘记。但是她的余生将始终带着这条伤疤，她将永远自责。不，这一切绝不能让她知道。

我们平静地度过了圣诞夜，没有争吵，没有高声说话。我决定早点儿进自己房间睡觉。我想第二天早起温书。下午我就得坐火车回去，因为我从 12 月 26 日起就要在电话营销公司上班。我没有时间放松，但是他们会付我一天的钱，只要有钱就行。

我向大家做了个手势，回去睡觉。一进房间我就看起了西班牙语。我别无选择，哪怕有一分钟时间，我也会拿来温书。我知道考试肯定没问题，我复习得很充分。但我抑制不住自己的完美主义倾向。我要一切都尽善尽美。而且学习能让我不去想别的事情。

第二天，我就在回 V 城的火车上了。和往常一样，对和父母共度的这两天，我没有其他什么好说的。

13. 压抑

2007 年 1 月 7 日

和朱利安的那一次没能使我停下来。恰恰相反。网上的新信息源源不断，有时候我觉得世界上到处都是不满足的男人，而且永远都欲壑难填。我并不唾弃这种人，因为他们以及他们旺盛的欲望能帮助我暂时解决一些经济困难。

我和一个上了年纪的人联系上了，我实在不想再碰到朱利安那种优柔寡断的穷人。这一回的家伙名叫皮埃尔。我对他的全部了解仅限于他的职业：商人，在一家著名企业工作。这一点让我有了信心，因为这意味着他能出得起钱。要下决心很难，干这一行就像玩俄罗斯转盘。如果可能的话，还是确定钱能到手为好。我们约了某天下午早些时候在市中心广场见面。他希望接下去我们能去他家，说"那儿清静些"。我先是拒绝了：我从没想过去陌生人家里，谁知道会发生些什么呢。但最后还是被他说服了：他住处没人，这样我们就不必担心别人的眼光了。他也想尽量隐秘一点儿，若是去城里的酒店，说不定就会碰到熟人。我们最后定为：他偷偷来接我，我们坐他的车去他家。我思忖看到真人我大概就能知道是否可以信任他了。我也估量了一下这样做的危险，但我需要钱。我总是需要越来越多的钱。

到了约定的时间，我向 V 城中心的广场走去。我穿上了自己最心仪的衣服：灰色泡泡袖连衣裙。它能拉长身材，突出双腿。下面我穿了一双时髦的靴子。这条裙子让我显得优雅，对男人很起作用，我知道。因为它能带给我那种介于女孩和女人之间的魅力，吸引众多目光。我穿上它的目的非常明确：我长得越美，他就可能付越多的钱。况且今天天气不错，冬日暖阳照耀。我醒来时心情很好，就想把自己打扮得美美的。是为我自己，不是为他。一路走来，已经有不少男人打量我，无声地赞赏我的裙子。没错，今天，我知道我很美。

老远我就看到不少展出食品的摊位和围着的熙熙攘攘的人流。我忘记了！今天在广场上有一个针对旅游者的农产品交易会。这事本身有好有坏：好处是，人这么多，我可以轻而易举被湮没在人群中；坏处是，我很有可能碰到熟人。这种担忧很快就变成了巨大的恐惧。

我打定主意，要离这乌压压的人群远一点儿，早点儿找到那个皮埃尔，拉他离开这里。他说他会穿一套黑西装，围一条红围巾：这身打扮很好认，而且很符合目前的寒冬天气。

我仔细搜索着来往行人，五分钟以后，我开始有点儿不耐烦了。我觉得浑身不自在，双手抱胸，不断用手轻打着手臂。我敢肯定，周围的人已经注意到了我古怪的态度，这让我越发害怕起来。

忽然，我听到有人在身后叫我的名字，这声音如此熟悉，我一下子辨认了出来，刹那间感到全身的血液都凝固了。

"劳拉，劳拉!"

有那么一瞬间，我几乎想不回头，撒腿就跑。但我终于还是努力自然地、慢慢回过了头。

"妈妈? 你在这儿做什么?"

我含糊不清地问道，试图控制内心的恐慌。

我妈妈。在这儿，V 城中心广场上。而我正在等一个付钱要我身体的主顾。我惊恐万分，简直就像小孩在饭前偷吃，手指头上沾满了果酱被抓了个现行。我吞吞吐吐地说话，深知此时要是不能自圆其说，妈妈肯定会怀疑，知道出问题了。

"南特的亲戚不是今天要来玩吗? 你记起来了? 我们就想带他们来这儿转一转挺好的，给他们介绍一下 V 城。"

啊，是的，非常好。在她身后出现了爸爸及众位代表——她说的"一家人"。我把这事忘得一干二净了: 农贸会，我家人周末在这儿，我父母非常可能参加这该死的农贸会。多么美丽的构图啊：妈妈、爸爸、舅舅、舅妈，还有两三个我从来没见过但仍然属于亲戚的陌生人。我窘迫至极，一定得立刻找个借口出来。我试着不往周围看去找皮埃尔，但还是忍不住四下里偷瞄着。

妈妈一定也感觉到我没认真听她说话，但她绝对想象不出原因。在这儿跟我不期而遇令她兴奋不已，她急着向身后一大家子人表达这种喜悦。我真担心要是谁叫我的名字声音太响，会引得某个裹着红围巾的大块头回过身来。

"哎哟，看谁在这儿！是劳拉！"

"啊，是劳拉！真是巧！你变化可真大哟！现在是个真正的女人了！你是来找我们的?"

这是我舅妈激动的声音。

我很喜欢舅妈，虽然见面次数很少。但是今天我没空理她。想想看，身为正在候客的妓女，我在广场上碰到了正在聚会的一家子！为什么非把约会时间定在下午呢？我真是太蠢了！可这时候自怨为时已晚，得尽快脱离困境才好。

忽然，我看到人群中一角红色的围巾随风飘荡。那个男人背对着我，正向广场中心走去。他大概也在边上等了我一会儿，没看到人，现下仍未放弃寻找的努力。他大约五十来岁，穿着西装，身形看上去风度翩翩。我一眼就知道这是我在等的人。

我的呆滞状态被舅妈打破了，她还等着我的回答呢。

"嘿，劳拉，你走神了？"

她和妈妈都顺着我的目光望过去，想知道什么吸引了我。幸运的是，商人打扮的皮埃尔消失在了人群中。

"呃……是的，稍微有点儿，对不起。"

我微笑着打断她们的察探。

"我在这儿等朋友好一阵子了，刚才我还以为看到了她们，后来发现搞错了。"

我亲密地挽起妈妈和舅妈的胳膊，把她们拖到和那男人相反的方向。我看到爸爸和其他人一边交谈一边跟了过来。

"哦，当然啦，这姑娘现在忙着呢，在她这年纪是很正常的！我们不会打扰你很久的，漂亮的小劳拉。我们还有东西要买呢！你瞧这城市多棒啊！"

舅妈一向能说，话匣子一打开就收不住了。我的老商人应该已经走了。我不能不想起，正是因为这意外的相遇，才让我的钱打了水漂。尽管两个从无交集的世界今天擦肩而过，但是我确实需要这笔钱来解我的燃眉之急。我意识到自己在玩火，但内心深处总有个声音说，我别无选择。

我忍不住又开始往四周急切地扫视了。舅妈没留意，但妈妈注意到了我的不耐烦。

"好吧，我们走了。下午愉快，亲爱的。晚上你要是愿意就回家吃饭。我们可以买完东西来找你。今晚你在家过，明天坐火车回来。我知道有些远，不过……或者你已经有了别的计划……"

"再说吧，妈妈，谢谢。我还不知道会做些什么。你知道，明天我还得上班呢……"

其实我现在就工作着。我不停地和家人告别，舅妈给了我一个长长的拥抱，在我耳边低声说希望今晚能见到我，说我很漂亮之类……爸爸倒只和我握了握手，对我基本上漠不关心。他是否已经从我身上感觉到了罪孽呢？

我蹦蹦跳跳走开了，表面上若无其事，其实心里已经开始狂奔。我尽量随便地环视四周找那个男人：我知道妈妈还在看着我。我交叉手指：绝不能让他逃脱我的火眼金睛。

我搜寻着红围巾，终于在广场另一头找到了。刚才我把家人转移开做得很好，现在他已经到我对面去了。我得保持谨慎。无论如何今天这笔钱我一定要拿到。和父母偶遇给我迎头泼了一盆凉水，但我现在没时间去想了。

我终于追上了我的生意人，我放慢脚步，以免引起注意。他并没有特意找人，因为我没有跟他描述过今天的衣着，这一刻我不禁感到自己是正确的。他离我还有一百步左右。我紧紧跟着他，然后快速超过他。和他平行的一刹那，我像个毒贩子那样低声说：

"我就是劳拉。跟着我，别回头。我家人在附近。"

一口气说出这句话，我感到很大的压力。我得赶快摆脱这种让人透不过气的局面。

　　我感到他在后面小心翼翼地跟随着我的脚步。我像田径冠军一样走了整整五分钟，一次都没回头看过。等确认两个人都安全了，我才在一条僻静的小路停下来喘了口气。

　　此刻我和他面对面了。他很高大，长得还不错。由于穿着西服，很容易让人想到007归来。风度是靠近了，但行动力却差得远。现在离他比较近，我判断他已经五十出头了。西服装扮显然对他有利。可是看到他面容的一瞬，我很失望。他的眼睛是苍白的蓝色，这颜色本身非常迷人，可是他的目光中没有任何精神。这家伙给人的感觉是过了几十年精疲力竭的生活，如今什么都不剩了。

　　他扮作优雅的商人，我则是性感的年轻学生，我俩在一起很般配：就像是父亲带着他抚养成人、说不定还在穿衣打扮上给予指导的亲爱女儿，而绝不是十九岁的妓女和她的主顾。

　　"你好，劳拉。这一段路可真累人啊！"

　　他说话速度如此之慢，说完这短短的一句就让我等得心焦。

　　"你好，是皮埃尔，对吧？"

　　"没错。要不我们先去找个酒吧坐几分钟，调整一下情绪？然后再上路。"

　　街角的音乐酒吧成了我们的休憩地。首先因为我和他都不想在大街上跑下去了，其次因为我想很快避开人群。今天看到我的人太多了。我们在尽头一张桌子前坐了下来。

点单以后，我们有几分钟没说话，我于是有时间好好观察了一下环境。服务生很符合酒吧的氛围：英俊、时髦。但是他们用奇怪的目光打量着我们，相互交头接耳。饮料上来了，我微笑着说"谢谢"，但那个服务生没有回应。我皱起了眉头，但立刻猜到了他这么冷漠的原因。尽管我们伪装得很好，可他还是看出来我们并不是父女。我想他回到吧台，给其他客人准备咖啡的时候一定在背后说我坏话呢，比如："我敢发誓！她是个妓女，那个男的要不就是主顾，要不就是拉皮条的！这是明摆着的！"

真的有这么明显吗？皮埃尔似乎什么都没注意，我也不敢跟他说。他平静地开口：

"我们喝完咖啡，然后去我那儿？"

好的，越快越好。我嘴里含着一口咖啡，点了点头表示同意。和他在一起的这几分钟，有一件事我可以确定：他太懦弱了，决不至于伤害到我。但我还是保持谨慎，老话说得好，没有比静水更可怕的了。

"去我家比较清静，没人打扰。你会喜欢的，那地方很漂亮，是我自己的房子……"

在朱利安之后，我再也不想知道更多了。对于他的生活，我完全不感兴趣，我也立刻就让他知道了这一点。就是因为这样我才不愿在咖啡馆和主顾碰头：那儿的气氛太和睦，让我不忍心提要求。我大概不是个好妓女。

五分钟以后，我们走出酒吧，向他的汽车走去。他以 F1 车手的姿态驾驶那辆豪华轿车的时候，我任凭自己陷入了幻想：他要带我去的地方是在远郊，那里左近无人，他拥有一座美丽的带花园的大房子。总有一天我也会有的。

皮埃尔继续沉默，我继续有空思考，于是此次举动的风险摆在了面前：我不知道自己去往何方，会遭遇何事。这一次我是真的在冒险：谁知道呢，这个说话慢吞吞的绅士说不定是个瘾君子，等他吸食了足够的可卡因就会猛地向我扑来。唔，看到他眼下这样，在一个根本没人的停车路标处，花十分钟确认道上没人，我不由得怀疑起来。

一刻钟以后他停下车。我们面对着 V 城某高档小区的许多豪华住宅。这些非常现代的建筑位于 V 城中心位置。从它们的高处肯定能看到绝妙的风景。皮埃尔下了车。尽管穿得像个精力充沛的生意人，走了太多路的他还是显出了疲态。去他家的路似乎漫长无止境。

我们终于来到了他家那一层。走廊阔气、干净、空旷、无可挑剔，让人觉得像来到了私人酒店。来到门边，拿钥匙的过程对我也是考验。我恨不能从他手里抢过来自己打开门。我开始厌烦，和他在一起时间过得特别慢。

所幸进门以后，我可以摆脱他一会儿了。皮埃尔如蜗牛一般慢悠悠钻进厨房，留给我片刻工夫欣赏房子内部。首先展现在我眼前的是客厅：白色、大得出奇，像说唱歌手音乐短片里的那种。阳光照在他奢华的极简主义风格的家具上，几尊黑檀木的非洲雕塑点缀着饰品架。品位与品质在这里得到了完美结合。

面对这种富裕，我不免感到自己的卑微，可又夹杂了略带释然的奇特骄傲：他没有说谎，他很有钱。此刻我唯一在乎的，是没有再次落入淫荡色鬼的圈套中。

我还没时间为自己的命运感到高兴—— 一切都是相对的——皮埃尔已经迈着他软绵绵的步子，托着放置酒杯的托盘出现了。他把托盘放在客厅的矮几上，回身对我说：

"嗯，我想你可能想先吃点儿什么，然后再……"

他中途停下了，我和他都知道接下去会是什么。我看了看食物。他给我拿来了一杯牛奶和一片香料面包。见鬼！他还真把我当成了小孩，他是想从头到尾都营造关于女孩般的女人的幻想吗？我之前没有意识到自己对客户们来说是哪种类型的假想对象。也许只有他一个人如此？因为我穿了条孩子气的裙子？这么说来，皮埃尔也把我看成是个小女孩，但却是一个他很乐意加以抚弄的小女孩。有些地方不对劲。尽管如此，我还是接受了那些食物，把面包抓在手里填填肚子，喝着那杯牛奶。

皮埃尔站着，手很不自然地叉在腰间。他微笑着看我啃食面包，为这个孩子的自觉而感到骄傲：毕竟接下去是要花力气的，得先把自己喂饱。我一下子放下面包，和他对视。就在我即将点烟的当儿，皮埃尔发话了：

"在我家里不能抽烟。"

我的回答是掐灭了烟，仍然定定地望着他。他有些慌，可又不知道怎么回应，只能关注起别的东西。

"要不要来点儿音乐？"他很快又说。

他拿起遥控器开音响，但不管用，音响没有动静。他恼火地花了几分钟摆弄遥控器，不愿意亲自去看看音响本身有什么问题。这简直可笑到了极点：这富有的商人购买设备的唯一理由就是它昂贵，而他甚至都不会使用。他想营造伤感氛围的举动是可悲的：所有精心的设计都落了空。我连笑都没笑，这家伙让人厌烦。

经过好一会儿的努力，音乐终于响了起来。我立刻就听了出来——茹丝·卡萨尔①。她天籁般的嗓音陪伴了我的童年和少年时代。她是爸爸最喜欢的歌手，是我们家的一部分：我们有她所有的专辑，并不仅限于那些广为传唱的畅销歌曲。她的唱片在家里反复播放，我甚至从来都没想过是否喜欢她的音乐。因为我在很小的时候就认识了她，那个年纪的孩子不会对父母的品位提出质疑，他们接受并喜欢父母喜

---

① 茹丝·卡萨尔（Luz Casal, 1958～ ）：西班牙著名歌手。

欢的任何东西：因为他们爱父母。于是很自然的，当我想起家，想起家人，茹丝·卡萨尔的歌声便会在我的脑海回荡。

皮埃尔作了一个最坏的选择。我和这个女人之间有着非同寻常的纽带，那是他无法篡夺的，是不容触碰的。我衣着时髦地坐在矮几前，嘴里塞满香料面包，简直无法相信他企图把建立在卡萨尔与我家之间的和谐关系据为己有！更何况是在今天——就在刚才，我险些把私生活和妓女生涯掺和到了一起。其实我知道，皮埃尔犯的只是无心之过，他不认识我，更不知道这个歌手对我意味着什么。然而我还是忍不住憎恨他，因为他让我想起了家人。

我一定向他射出了犀利如刀的目光，皮埃尔注视了我好一会儿，想猜透我的想法。

"我讨厌这个歌手，你能把音乐关掉吗？"我生硬地说。

他没料到我会忽然开口，于是下意识地关掉了音乐，不像是出于好意，倒像是听从吩咐。我们又一次沉默了。

他很显然是想避免交谈，缓慢而坚定地朝我走来。他越走越近，也越来越兴奋。脚步回荡在房间里，每一步都散发出淫猥的气息。我不动，我现在不想碰他。

我看着他走过来，一直到我面前，胯间正好对着我的眼睛。他对这样的位置显然很满意，于是又保持了好几秒钟。他把裤子纽扣解开，沿着双腿一路拉下去。这场景让我作呕。今天我已到了极限。我在心里发誓绝不主动为他做任何事。之前种种让他失去了机会，我把自己的悲伤和受辱一股脑儿地怪罪到他头上。我们的约会糟糕透顶。他一步错，步步错，连懒懒地扇动睫毛都能激怒我。

面对我的无动于衷，他终于伸手拉我起来。我站在他面前才意识到他的高大：我只够到他的嘴边。

皮埃尔脱掉了我的裙子。此刻我只穿着内衣，脚上套着廉价的袜子。不过他不在乎，他喜欢我，这能从他急促的呼吸中感受到。他领我进了房间，把我轻轻推倒在巨大的床上。他脱掉自己的衬衫，向我靠过来。我像个充气洋娃娃一样任他为所欲为。

"我给你按摩一下，喜欢吗?"

"嗯……好的……"

他躺倒在我身边，开始抚摸我。他没有解开我的胸罩，我怀疑那是因为他根本不知道怎么解。我很想跳起来跑得远远的，又感到进退两难：既然那么讨厌他，或许还是离开的好；可是一眼瞥到时间，只剩二十分钟了。对金钱的渴望使我下定了决心：看在钱的份上，我就再等等吧。

他的手在我身体上游走，速度和我预想的一样，缓慢得让我感觉不到时间流逝。我一动也不动：此时若是有人进来，会以为我已经死了。

整整十八分钟，他靠着我摩擦自己的身体，别的什么都没做。我的沉默肯定威胁着他，让他不敢妄动。他一句话都没说，满足于这种简单的接触。我闭着眼睛，这是最好的方法。等闹钟上的红色数字表明时间已到，我一下子从床上跳下来。皮埃尔顺从地爬了起来，面对我如此明显的逃避他的意图，居然都没有叹气。

我用眼神示意他跟我一起去客厅。他把手伸进钱包，就像父亲拗不过女儿，最终给她几个零花钱供她和伙伴们出去玩。他掏出了一百五十欧元，算两个小时的酬劳。和我的付出相比，这是很丰厚的战利品了。尽管如此，我仍然觉得挣这笔钱让我吃了不少苦头，所以这是我应得的。

从我在广场上见到皮埃尔时起，我就清楚地知道绝不会和他见第二面。看到他我就会生起一股憎恶感，尤其还会想起和父母的不期而遇。公平一点儿看，换一个人也完全可能碰到这种情况，但我固执地把所有过错都推给了这个不幸的家伙。就是因为他，我不得不去了 V 城中心广场；就是因为他，我不得不跟家人撒谎（实则我一向对他们能瞒则瞒）。

皮埃尔想送我回去，我拒绝了：我可不要他继续待在我身边，多一分钟都不行。就算回 V 城得走两天，我也照走不误。我几乎一把抢过钱，收进口袋，径直向门口走去。我把皮埃尔一人留在他奢华的城堡里，头也不回地离开，只在最后吐出一声听不清的"再见"。

"我们很快再联系好吗，劳拉?"

"嗯……好的。"

我才不想呢，但还是别说实话吧，省得又要费口舌解释；再说我也不希望他对我发火。我想我的谎话好歹是有保障的：这家伙除了我的电子邮箱外，没有别的联系方式。

　　到了他家楼下，新鲜的空气向我涌来，我停下来抬头望了望天。现在我已经泥足深陷了。父母要是问我和朋友们过得怎么样，我将不得不撒谎。我还得找理由不回家吃晚饭：我不想和爸爸的目光相对——那种知晓一切、猜到一切的目光。

　　我觉得自己真的成了娼妓。娼妓，我现在是娼妓了，一个知道自己必将重蹈覆辙的娼妓，朱利安们、皮埃尔们都不会真正影响我；我现在是娼妓了，一个靠嫖客们的钱熬过捉襟见肘的月末的娼妓；我现在是娼妓了，一个学会暂时忘却别人放在我身上的手的娼妓。我是一个半"卖"半读的、掌握信息技术的娼妓。在新鲜的空气中，我的气色好了起来。我慢慢地、心还怦怦地跳着向最近的公交车站走去。

14. 紧张

我在寒风中疾行，大衣一直扣到了下巴。我要去参加进大学后的第一场考试。这是文学考试，所以我很紧张。当然该看的书我也看了，不过都延迟了很久：由于买不起书，我只能等学校图书馆引进后再借。

而这不过是上星期的事，结果我只得在一周内硬啃了三本书。在此之前我也算提前学习了相关课程，不过手头没有书，我看了也不懂。上星期是肾上腺素充分得到激发的一周，我奔波于公司和学校，穿梭在地铁中，还时刻没忘考试。今天是第一场考试，我焦虑不安地在走廊里奔跑，寻找考试地点。等我到了那儿，发现阶梯教室前已经聚集了不少人。我从起床开始就一直四处奔走，此刻一停下来，立刻感到深深的疲乏。唯一支撑我站着的便是紧张了。

两天以前我刚见过一个客户。这一回我想用部分"战果"犒劳一下自己：去购物。钱来得越快，人想要得就越多，这便是问题所在。

然后我去见了一个家伙。他只想找"穿得很少做家务"的人。考试将近，我仍然非常缺钱，可又不愿在这种紧张的时期被人动手动脚。所以我就花了两小时在这个男人家里，穿着内衣给他熨烫衬衫，就这些。他给了我一百欧元。

在去学校的地铁上，这段故事浮现在我的脑海里，我忽然感到自己前所未有的脏。我知道目前处在考试周，这个时期并不适合大力发扬自爱精神，但我还是忍不住厌恶自己。我已经卖淫上瘾了，每次兼职薪水不够开销的时候，我都会想到它。我甚至想过，既然这一行挣钱又多又快，何不停掉电话营销，"专心致志"卖淫呢？那样的话我就不用再受工作时间的约束，每个月只要做几小时，就能挣现在工资的三倍。

但是电话营销不管工作多么无聊、薪水多么低廉，总还是和学校一起成为了连接我与现实生活的纽带。如果真的只做妓女，过不了多久我就会一头栽进黑暗的职业网，被一个拉皮条的牵着走了。他会先让我退学，然后成为他的全职的"下蛋鸡"。

在阶梯教室前，我感到压力越来越大。如果我还想顺利应付考试的话就一定得镇定下来。我安慰自己：这样的反应是正常的，毕竟是入学后第一次考试，而我又对学业怀着如此的热情，使得成绩显得尤为重要。接下去整个星期都有考试，我必须顶住压力才好。我唯一不害怕的是口语，因为我总是善于表达。只要搞定文学就行：这门考试一过，我就可以轻松很多。

我把手伸进大衣口袋摸卷烟叶。只剩一些碎屑了。我像往常一样向同学借了根烟抽。在考前抽一根真正的烟，这是多大的奢侈啊，一定预示着好的结果！

阶梯教室的大门开了，我满怀信心地走了进去。

15. 相遇

保罗的酒吧是我的领地，早在进大学之前我就发现了它。当时我立刻产生了相见恨晚之感。深色木质装修，带着殖民地风格。墙上挂着许多上世纪四十年代女星的照片，大多数我都不认识，但很快就变得极为亲切熟悉起来。我去的次数倒也不多，因为我希望每一次都像初次邂逅一般带来魔法般的魅力。每次保罗都会点头致意，然后跟我聊两句。起初，我只在"职业"会面结束后去那里休憩一会儿。后来变得越来越频繁：无论工作前还是工作后，无论喝杯咖啡还是跟偶遇的朋友临时起意的交谈，我都会选择那里。

这间酒吧在我生命中扮演重要角色，要从和乔的第一次以后开始。从那天起，它便意味着情感和肉体的剧烈波动后片刻的温柔慰藉。我在这里埋葬阴暗的想法和忧伤的情绪，我在这里暂时忘却真实的人生。它是酒店和公寓的过渡地带，是供我藏身蜕变的茧。

随着我频繁地光顾此地，我和服务生保罗之间建立起了友谊。每次看到他我都很开心。我毫无顾虑地跟他说话，但从来不透露细节。一方面我不喜欢这样：我不是那种能向任何人宣扬自己生活的女孩子。另一方面保罗是个挺肤浅的人：他对我的故事——除了性的部分外——基本没有兴趣。最让我难以忍受的情况是：你跟别人吐露衷肠，而对方却无助地四处张望，不知把眼睛投向哪里。我可不认为保罗担当得起"以死捍卫秘密的守卫者"这种称号，所以压根儿没考虑过告诉他我的禁忌游戏。披露这样的秘密在目前还是无法想象的。我还没准备好如何面对他即便不是责备也必然饱含怜悯的目光，如何为自己的动机辩解。另外我想，他恐怕也不会相信我的说辞。

保罗是情场高手。几乎爆棚的自信心令他敢于勾搭任何一个进入酒吧的异性，并且速战速决：一旦到手，几天甚至几小时后就抛弃。起初他也试着追过我。我想他一定给自己立下过规定，要引诱一切经过酒吧门口的漂亮妞儿。他对我说了不少甜言蜜语，但我对他不感兴趣：在内心深处，我觉得他和我的妓女生涯联系得太紧密了。他很快感觉到这一点，把我从狩猎名单中剔除了。我觉得他并不真的对我感兴趣，只是把我看作一次新的征服；而他对我的态度和对其他人一样，从没准备过要努力追求到底。为一个姑娘拼命可不是他的风格。我也告诫自己：从地理位置上说，他离我的秘密聚会地点太近了；只要他有心，总有一天会知道我去哪里、去做什么。

在我妓女生涯的全盛时期，这里成了我的第二个家。这里有不少客人。大多数都才三十来岁：新鲜的商界精英、颓废的艺术家，间或也有模特——这里是年轻人的天下。所有这些人欢聚一堂，把嘈杂的话音转化为和谐的吵闹。

我总觉得自己比同龄人更成熟。通过和完美的陌生人——完美的三十来岁的陌生人——的交谈，我发现和这个年龄段的人交流最为愉快。在我还是孩子的时候，就被迫快速成长，父母也总是尽可能培养我的责任感。所以我很难忍受中学里的孩童式闹剧。即便有时候我也从中得到乐趣，但多数时候，同班女生的话常会让我惊讶得目瞪口呆。比如"你知道吗？我男朋友还有辆车哎！"这让我浑身起鸡皮疙瘩：我当时的男朋友三十岁，拥有自己的座驾已经很久了。对我来说，她们的经历算不上什么。所以周末睡衣舞会或者吸食软性毒品，我都不去掺和。

总的来说，中学时代的我去学校就是为了上课，课一结束我便走。我很少和其他学生一起玩。不是不屑，而是自然地与其保持距离。光白天的时间，我还能接受他们，但从不深入交往，也不想在校外再碰到。这一点对男生也适用。从我记事起，我就觉得同龄男生让我厌倦——马努是个例外。在谈恋爱的年纪上，我也根本不认为这些人可能成为我的男友。我喜欢成熟的男人，那些已经度过了后青春期危机、不用寻求自我身份的人。

有时我也遗憾自己成长得太快：在中学我感到孤独、不被理解、和别人谈不到一块儿去。我像三十岁的人一样思考问题，心理年龄比实际年龄大了十岁。其实我何尝不想和同龄女孩一样，欢快地、肤浅地过日子，而不是整天以成年人的心态应对。有时候我也对自己这个样子感到疲倦，可本性如此：我必须承认，自己永远都不是个孩子气的人，连片刻都做不到。我失去天真已经很久了。

这也是我乐于光顾保罗酒吧的原因之一。我几乎每次都独自一人前来，最后总能和几个新面孔谈得很愉快。

今天晚上我到的时候，酒吧已经人满为患了。这里举行了一次摇滚音乐会，一帮醉醺醺的客人把整个酒吧当成了舞池。欢快的气氛感染着每个人，我一进门便不由自主地微笑起来。保罗看到我，立刻招待了我一杯葡萄酒，让我"觉得惬意"，他说。我知道他其实是想吸引众人的目光，趁我和他互相亲吻脸颊的时候，让围坐在吧台边、从我进门就盯着我看的男人们眼红一把。他的言下之意是："没错，伙计们，我认识她……"

这番举动果然有用。有两个男人立刻想要搭讪我。

"嗨，你常来这儿？"

其中一个颇有"创意"地开了头。

另一个受到了前者的启发。

"我以前从没见过你，我打赌我可不会漏掉这样一位美女！"

多么丰富的创造力啊！他们的话无疑属于最低劣的搭讪：我可以在一百米外嗅到男人的欲望。对他们的问题我都友善地给予回答，有时纯粹出于礼貌，也容忍一些平庸的建议。这两个家伙原来互相认识，他们就在我眼皮底下把交谈变成了竞争。今晚谁能带这小妞回家？是让我笑得最开心的那个。我努力友好地配合，其实心里恨不得把他们干晾在那儿，好让他们明白谁也没机会。

忽然，我注意到了在这两个男人身后的他。他注视我好几分钟了。头发是栗色的，从额前垂下几绺遮住了——我猜是绿色的——眼睛。他穿着条纹棉衬衫，袖子往上撩了起来。整体看来很普通，但从我注意到他的那一刻起，我便再也无法移开双眼。这是个很有吸引力的男人。他正同情地望着我。我不是第一次在这儿见到他。好几次我都看到他和保罗喝着咖啡聊天。想到这回或许可以换我提出那个著名的"你常来这儿？"的问题，我不由得微笑起来。

他用目光示意了我一下，我还没能理解，两秒钟后他已经到了我身边，当着那两个男人的面，伸手搂住了我的腰。不用说，那两个人没想到被如此蔑视，羞惭不已，仓促地站了起来。一时没人说话，只有他俩稍微轻咳了两声，以掩饰自己的尴尬。

"啊……你好。"

其中一个终于回过神来。

两三句客套话之后，他们已经离我挺远了。我的救星把我的身体转向他那边，仍然没有松开我的腰。这一幕充满了情色意味，我感到一股战栗流遍全身，连手臂上的汗毛都竖了起来。他无声地看着我，我也无法将眼睛从他身上挪开。他实在算不上帅哥，却令我神魂颠倒。我简直可以保持这个姿势一小时，但一分钟以后，我还是打破了沉默：

"谢谢你解围，刚才那两个家伙开始让我厌烦了。"

"是的，我想我看出来了。"

他指了指刚空出来的一张桌子。我们坐过去，他又点了两杯啤酒，我们就这样在一起度过了整个晚上，笑着，聊着各自的生活。他叫奥利弗，平日里无所事事，似乎颇为厌倦。他无论外表还是生活方式都像个波西米亚人，因为没有时间机器回到上世纪七十年代而逆来顺受地活着。这个人其实生错了时代。

淡淡的夜色中，我感到非常舒畅。我不知道为什么今晚一切都很容易，也无法解释为什么会和一个陌生人谈及隐私。我跟他讲了我的家庭、学业，还有马努。他专注地听着，不时也说一些给他留下深刻烙印的、童年或最近发生的事情。这是一种健康公平的交流，双方都袒露了真实的自我。我们微笑着讲述一切，哪怕痛苦也被视作了成长的一部分。

夜色渐深，我们一杯接一杯地喝着，渐渐醉了，越发可以毫不困难甚至愉快地披露各自的生活。我有一种奇怪的感觉，似乎可以跟他无话不谈，尤其包括那些向任何人隐瞒的部分。有几次我甚至开始想象，他知道了我的放荡之后会作何反应。结果首先揭开忏悔序幕的反而是他。

"你瞧，过了这么三十年，我觉得世上没有任何事能让我吃惊了。这挺可悲的，对吧？"

这钓竿太诱人了，我的秘密又太沉重了，独自一人实在无法承担。

"没有任何事？真的？"

"真的。"

"我敢肯定我能让你吃惊。"

在酒精的帮助下，我不由自主地开始冒险了。我知道这样很危险，但是一种奇怪的直觉使我相信他。他沉默了一会儿，似乎想着如何反驳。他明白此事关系重大，我仍在犹豫不决，于是说：

"你要是这么确定，那就说来让我听听。"

他看出了我的犹豫。向他透露我的秘密就意味着完全信任他，而且指望他足够正直，能够替我保守这个秘密。可我甚至都不了解他！怎样才能信任他？为什么要信任他？我深深地注视着他，猜想他应该能守口如瓶。尽管如此，最后的一丝清醒一直在阻止着我。

"别担心。我向你发誓，这事就我们俩知道。"

我豁出去了。我在心里反复斟酌，想用合适的词句来描述：因为这是我第一次说出口。

"你知道上周我做了什么？"

他摇了摇头。他当然不可能知道。

"我跟一个五十几岁的男人在一起，我让他摸我，他付我钱。我是个妓女。"

我一口气说了出来，说完便往后一靠，仿佛刚刚说这番话的不是我，而是别人。

一秒钟工夫，他眼睛一亮，眉头皱了起来。但是想起自己刚才的承诺，他又迫不及待地表达了中立态度，说了一声：

"我明白了。"

他没有抚摸我的肩头，也没有做出任何会让我崩溃的怜悯举动。相反，他只是试图了解情况，问了我很多问题。那一晚剩下的时间就这么度过了：我披露的秘密没有破坏气氛，反而拉近了我们的距离。

保罗把我们从美梦中唤醒：六个小时过去了。这六个小时里，我们眼中只有对方。我根本没有意识到时间流逝，看到保罗一手拿着抹布走来，准备关门前的清理工作，我几乎以为他在开我们的玩笑。

"起来喽，要关门了!"

我们大笑起来，原来两个人都忘了时间。他站起来，伸手拉我出门。我喝得醉醺醺的，却又兴高采烈，随便挥了挥手和保罗告别，然后一路歪歪扭扭回去。奥利弗搂着我的腰，一直送我到家。我们都喝多了，从头到尾笑得像两个疯子。到了我家门前，他看着我拿出钥匙，自己正确地开了门，然后慢慢地亲了我的脸颊。

我微笑着看看他，上楼回家。虽然还是孤身入睡，却觉得很幸福。

16. 升级

2007 年 2 月 4 日

我的生日近了。马上就满十九岁了，这是大家眼里的
"花样年华"，我则对此无动于衷。

十九岁。两段恋爱——其中一段正在进行时，一个有把
握到手的文学学士，比预计更好的大学一年级，以及一份隐
藏的妓女职业。对十九岁来说，这已经是很丰富的经历了。
才过了十九年，我却觉得似乎多活了十年。

即将十九岁的我仍然非常需要钱，经常入不敷出。我所
剩无几的手机费被运营商全部压榨光了。最大的问题不在于
此，而是房租，每次都让我愁苦万分。大多数时间，我都要
逃地铁票，交通卡对我来说都是一种奢侈。

我也试着看到积极的一面。我热爱学习，入校四个月，
我在大学圈子里如鱼得水。尽管很累，每次上课我都很高
兴，珍惜这个（几乎）免费提供的学习机会。我好学求知，
在语言学习上找到了自己的道路。老师们给予我很多鼓励，

124

其中一位最近甚至跟我说，他觉得我将来必能考上大、中学教师的语言教学资格。

我收到了一月份阶段考试的成绩。全部通过，平均十五分[①]！收到成绩单的时候我很惊讶。世界还是公平的啊。我的努力没有白费。

我可怜的预算无法供我买所有的书。图书馆成了我最钟爱的地方之一，我在珍贵的著作中徜徉，丝毫不觉时间流逝。可惜它地方不大，而且常常在我去之前就被"洗劫一空"，特别是那些教学计划中要求阅读的书籍。这些频繁出现的小小的不便并没有使我失去信心：没关系，不过就是学得比别人晚一点儿而已。我也羡慕那些带着信用卡直接去书店订购原版书的同学，但我可以平静地微笑着接受这一切。

我还很想拥有一台手提电脑，它越来越显示出不可或缺的重要性。这个念头的产生是在电话营销公司。一个同事告诉我们某个抽奖活动赢的人能获得一台手提电脑。我开始想象换作自己会是什么反应。于是一有机会就浏览那些出售信息产品的网页，对着绝妙的商品垂涎不已，并在心里选出了自己的最爱，但只是过过干瘾罢了：父母绝对出不起这笔钱，就算生日礼物也不可能。

面对生活我感到无力。一个多月前，我和乔第一次见

---

① 法国学制考试分数以二十分计，十二分及格。

面。在接下来的一个月中，我接了三次客，这带给我六百多欧元的收入，使我暂时走出了赤字。多亏这三位重要的客户，我解决了一直以来困扰我的财政问题，可是新的房租和新的账单又不断飞来了。我看不到尽头。有太多事情要考虑、要解决，我穷于应付。

于是我恢复了网上的信息。

我先是碰上了一个摄影爱好者。他让我穿着让人难以想象的衣服拍照：即便在我最大胆的幻想中，也从没做过这样的打扮！我越看越觉得他可疑。要是我不按他说的做，他就变得非常严厉，甚至粗暴。

"唉，劳拉，你可不能这么站！你觉得别人看到你这种姿势会有欲望吗？别傻乎乎的！性感一点儿，对，就像这样，嘴巴张开，很好！"

草草结束后，我数着钱，意识到这比不上跟人睡觉赚得多。再说他的理念和我不对盘：照片可是要留下痕迹的。我没准备冒这么大的风险，还是谨慎点儿好。这家伙后来又打过几次电话，甚至建议再加一个女孩进来。

"你会看到她的，是一个跟你差不多的大学生，和你们俩一块儿搞肯定棒极了！"

光是想到遇见一个和我境遇相似的可怜姑娘，我的血液就凝固了。他感到我的退缩，开始往上加钱。数目越来越诱人，到后来根本不像是给我这么个年轻女孩开的价了。但是我一直很清醒：如果我接受了，就再难逃出他的魔掌。他显然具备捐客的典型性格：前一秒还很温柔诡媚，以保护者自居，后一秒立刻翻脸无情。他可能属于 V 城极大的卖淫网络。一旦让他靠近，我便永远无法脱离这个职业。那样我将和其他所有妓女一样，毫无未来可言。

原来我曾经如此靠近这个庞大的网络，还差一点儿就被卷入它的漩涡之中，想到这些我不禁微微发抖。面对这些操纵者我感到脆弱而无助，可是最后毕竟保住了自己，我又感到了自己的强大。到目前为止，我总是能及时察觉危险，也能有所取舍。我暂时避开了捐客，可我究竟能躲避多久呢？一旦成为妓女，就免不了被人留意。我身无分文，并且似乎越深入这种隐秘的职业，我在月末就越是捉襟见肘。每次一有金钱上的困难，我便不自觉地求助于卖淫。怪圈就在我身边，嘲弄我、窥探我，要拉我下水：我挣得越多，花得就越多，想要的也越多。

眼下我的"运气"还是不错的。没遇到强迫我的人，也没遇到暴怒的疯子。我意识到，或许冥冥中我在期待厄运降临，好迫使自己彻底放弃这种双重生活。这样的认知让我不寒而栗。如果所谓的诱因不是突然到来呢？如果我的底线是一点一点被逐渐推后以至我感觉不到危险呢？有一天我是否也会成为大家口中"职业的"？到那时我还有没有力量跳出火坑？

我很少放任自己想这些。不是拒不承认——我很清楚自己在玩火，只是出于自我保护。眼下我还没找到其他快速生钱的途径，所以不妨试试看，别没完没了地跟自己强调危险。

经济的困难让我继续过着分裂的生活。我感到随着思想的变化，整个人分成了两半：不是全黑，也不是全白；不全是妓女，也不全是学生。自相矛盾。其他时候，我还是坚定地相信未来。我想象自己和家人生活在一幢美丽的房子里，有一份热爱的工作，远离所有烦恼。我知道我有能力走出低谷，重回正轨。总有一天，我将在心中保有这种胜利的秘密情感，成为这个很少有人成功的圈子里的典范。

总有一天，我决定了，我将做一个好人。但是此刻条件还不允许。

我开始严肃地考虑乔的问题。从第一次见面后，他就一直缠着我不放。每天都能收到他不少邮件，我看都懒得看一眼便直接删除。作为一个新手，我还不能适应与老主顾再见的想法。但很快我就发现，真正靠得住的正是这些人：他们是妓女在最艰难时刻的救生圈。

我愚蠢地希望经历《漂亮女人》① 般的遭遇，由李察·基尔的化身来拯救我于深渊之中。我暗暗告诫自己，如果总是见老主顾，这种好事就永远不会降临到我头上。于是我努力在别处寻找珍宝，避乔如避瘟疫。这种对白马王子的幻

① 朱莉亚·罗伯茨和李察·基尔主演的好莱坞名片，讲述麻雀变凤凰的传奇喜剧。

想——尽管事实上只是一个客户——也会让我会心一笑。

可是李察·基尔不那么容易等到。当我收到房东索要房租的又一封信时，我对自己说，客人到处都是，靠得住的客人可就没那么容易找了。很多信息都流露出一种邪气，让我不敢轻易动作。乔则不一样。我对他最后的印象是，我骗了他。他从我这儿除了用手摩挲身体外，什么都没得到，却仍二话不说付了钱。他的性幻想，在如今的我看来完全是可以应付的。我忘记了伴随着整个见面过程的厌恶、窘迫与恶心。只记得装钱的信封了。其实真正的危险就在于此，可我尚未发觉。

继房东的催款信后，第二天到达的是工资单。看到薪水总额我不由做了个鬼脸：这微薄的薪水便是我电话营销兼职的所得了。

当晚我在网吧联系了乔，第一封邮件只是克制地询问了他的近况。这家伙八成连吃睡都在电脑前，因为下一秒他就回复了我。

第二封邮件，我答应他最近见面，越早越好，因为我急需钱。不出我所料，急迫的欲望促使他立马答应了。但出于礼貌和殷勤，他还是问了我的情况。我在回信里透露自己生日将近，说不定能把见面时间定在那天，并且毫不犹豫地把我心仪的手提电脑网页放在附件里一并发了出去。

我相信自己的做法会让很多人震惊，可是既然这些色鬼想要禽我，就得付出昂贵的代价。我可不甘心把自己和"妓女"相提并论：我觉得自己值得比她们更好的待遇。钱是我唯一找到的证据。我的十九岁生日就要到了，今年的我比以往更需要支持和安慰。我愚蠢地认为能够通过客人赠送的手提电脑感受到这两种感情。我是多么傻啊！

接下去他写信的速度就没那么快了。我知道自己的行为肯定让他不怎么舒服。可他难道真的以为我是因为欣赏、喜欢他才写信的吗？不，他身上吸引我的只有钱。他还是回信了，问我为什么需要电脑。我回答说电脑可以大大方便我的学生生活。我不免又加了不少甜言蜜语，因为我知道，这个人采取的是父亲和保护者的立场，会轻易让我说动，为我心软。几分钟后，我收到了他的回信：

> 劳拉：
>
> 　看起来，你最近过得不很顺利。我很明白电脑对你的重要性。你喜欢什么款式？有没有特别中意的……

这一刻，我知道事情成了。我甚至不感到羞愧。现在我可以接受他送我的任何东西，我相信和他的二度见面将意味着我妓女生涯的结束。

他主动约我三天后见面。那天是我的生日。

17. 堕落

下午一点，我在第一次见面的那家酒店门口等他。我们会在一起两个小时，因为接下去我还得去工作。皮埃尔的那一幕仍让我心有余悸，我不停地四下里张望。我观察着每一个经过的路人，暗暗祈祷乔快些来。具有讽刺意味的是，只有独自和他共处一室的时候，我才能放松下来。路人又不是傻子，任何一个看到我们在一起的人都会明白我们的关系。

我还记得有一次和一个妓女聊天——她不知道我也算半个同行，她说在人行道上接客时，她每隔半小时就通过手机和"同事"联系一次。等有人上了客人的汽车，她会通知姐妹们，这样一旦看不到那人平安回来，她们便会采取对策。至于卖淫的女学生，由于大多数都通过网络联系客户，然后与他们开房间，缺少了人行道上的"预警"措施，遇到危险的几率当然更大。

我看到他从远处走来，手里仍提着魔术师的小箱子。我们互相亲了一下脸颊，他说：

"你在我之前上去。"

"为什么？"

"上一次我们碰到了警察，所以这次得更谨慎。小心驶得万年船。去前台要房间钥匙。我不知道你姓什么，所以留了自己的名字。"

他当然不知道我的姓！而且他永远也别想知道。

"拿到钥匙以后直接上楼，安顿好，我过会儿来找你。"

"安顿好"，他在这里的意思是：穿上他要求我带来的性感衣服。我点点头，朝前台走去。那儿站着一个年轻女人。她抬头看到我，嘴边挂起一个职业化的笑容。

我来到房间门口，探头听了一下里面是否有动静。我打赌里面传来了呻吟声，此刻的我如惊弓之鸟。或许有人在等我，他要对我不利。我把整个耳朵贴到白色木门上。什么声音都没有。我下了结论：一定是无边的想象力捉弄了我，赶快停止被迫害的妄想吧。我把钥匙插进锁孔。

打开门，扑面而来的就是绿色窗帘。和第一次一样，它的丑陋让我震惊。房间比上次小一些，但装修是一样的，家具也差不多。眼前的一切都没变，这让我奇怪地感到安心。

我发现床对面的小桌子上放着一台手提电脑，正全屏播放着一部色情电影：呻吟声就来自那里。知道不是自己的臆想，我松了一口气。床上有张字条：乔在这一点上也没变，给他重金买来的"情人"写信，毫无疑问是他幻想的一部分。

> 劳拉：
>
> 　　很高兴今天又和你见面了。我希望你先去洗一个淋浴。然后我会来敲三下房门。你要回答："请进，主人。"
>
> 　　接着你躺在床上。你要说："你好，主人。眼前你见到的一切都属于你了。"

这个蠢货！他又重复起了自己作为支配者的幻想。我开始有点儿害怕了，这一次的口气和上一次明显不同，那时的乔脾气很好。

他在信上根本没提到"电脑"这个词。我暗暗对自己说："就这一次，劳拉，这是最后一次。"

我走近电脑，仔细打量。我怀疑他是真的要送给我，还是只不过是拿它嘲弄我。他是什么都做得出的。我慢慢地摸着键盘，满怀着热望，又犹豫着是否值得为了它而接受一切条件。要是这电脑不是给我的呢？要是他最后决定不给我了呢？我的心思光顾围着它打转，热望转变为无法估量的渴求。我要这台电脑，不惜一切代价。

我决定先洗个澡，平复一下思绪。浴室给了我一个惊喜：这儿没有镜子。我想我大概也无法面对这样的自己吧：十九岁生日这天，为了得到一台电脑而出卖自己的身体。我很快洗完淋浴，还在擦身体的时候，就听到乔在轻轻叩门。我赤裸着站在房间中间，对他说：

"请进，主人。"

说出这句话，我自己都忍不住要笑。我想他在门后面也会开心微笑。然而他走进来，凝视我几秒钟，干巴巴地说：

"不许开玩笑。"

他一定以为，由于送了我一份厚礼，他就有权利对我更严厉了。"好吧，宝贝儿，今儿咱们收敛一点儿……乖乖听话，最后能赢回一台电脑……"我在内心对自己说。电脑一直萦绕在我心头。乔打断了我的美梦：

"现在横着趴到床上去。"

我毫无怨言地照做，甚至不敢开口说一句话。从这个姿势，乔完全能看遍我的全身，尤其是我不喜欢的臀部。正是下午，阳光透过绿色窗帘射进来，考虑到窗帘的质量，这并不让人惊奇。我感到非常别扭。

我的身体超过了床宽，头和脚都伸在了外面。乔发现了，对我说：

"头伸出床外，手放到床下面去。"

我又照做了，但不明白他究竟想怎样。我只希望他接下去别要求我把左腿举到头顶上再倒立起来。我的手在床下摸到一个纸板盒。我把盒子拖了出来。

一台手提电脑。我的手提电脑。看到它我忍不住笑了。我忽然恶狠狠地想：现在礼物到手，我还犯得着跟他睡吗？可我太傻了，怎么会认为乔能放过我呢？

乔比我聪明。他应该从我眼里看出了诡计的光芒，因为他突然对我说：

"当然喽，你要在完事后才能打开。"

逃不掉了，我必定要吃点儿苦头了。我刚反应过来，今天他还要付我钱的。想着即将到手的财富，我笑了。而且我也真觉得感动：这台电脑是我收到的最贵重的礼物。很少有人不计回报地送我东西。乔在经济上对我有"馈赠"，这是当然的。但是今天，他让我发现了他性格中的另一面：慷慨——这是我以前不知道的。

怪圈张开了：他摆布我，而我尚不自知。乔知道自己在做什么。他想要我，而且清楚必须用钱诱惑我。我们之间原有的底线再次后退了。乔操控着缰绳。

他让我坐到他身边的床上。他把刚才按"暂停"的电影音量调高。这是一部讲述施虐、受虐情结的电影，画面上一个四十多岁的裸体女人，身材丰满，正被人拿着蜡烛灼烧着身体。她被绑坐在椅子上，蜡油沿着乳房滴下，她叫得声嘶力竭。她叫得越是痛苦，那个可怕的施虐者就越能体会到快感。直到最后她本人似乎也享受到了快感。我任画面一幕幕在面前移动，却没有真正看进去：这样的场景让我很难接受。

我曾经有一阵子常常看色情电影。有时出于好奇，和女朋友们一起看；有时为了增加兴奋度，和男朋友一起看。大家都这样。但施虐、受虐则完全是另一码事。我想我永远都不会明白这类电影有什么吸引人的。没过两分钟，我就觉得这实在让人受不了，被迫转移了视线。看到这些画面让我浑身冰凉，乔却从中获得了奇怪的乐趣。

"说真的，乔，我不能看下去了，我不喜欢这样。"

"问题是，这恰恰是我的喜好，我又没要求你看。"

他的语气完全和上次不同。他彻底地蔑视我：在他眼里，我已沦落为最底层的妓女。

"我想把你的手反绑起来。"

我立刻想起了刚才电影中的画面。他也要用蜡烛烧我的身体吗？而我居然认为和他在酒店里会更安全……乔稍微温和了一点儿。

"别害怕，劳拉。"

他慢慢靠近我，缓缓推我仰躺下来，再把我侧过来。然后他用我丢在床上的套衫把我的手腕反绑到背后。结打得不很紧，只要我想就能自己解脱出来，这让我放心了一点儿。

可是乔似乎不准备给我留下这种可能。他不知从哪里搞来一段细绳子，把我的脚踝也绑到了背后。然后为了万无一失，把脚踝和手腕绑在了一起。

俘虏。现在我他妈的任其摆布了。

我觉得很无助。我两脚乱踢乱蹬，同时不断喊着"停"。我的叫声已经从外面都听得到了。乔没想到我的反应会这么激烈，最后还是解开了捆绑我手脚的绳子，恢复了我的自由。最后一个结刚解开，我便双脚蹬动挣脱开来。

我慢慢转身，披头散发，气喘吁吁。我的样子大概像个悍妇吧。我直直地盯着他，恨不得杀了他。

他自然知道我在想什么，有点儿狼狈地看着我。但是这一幕仍让他喜欢。看到我血红的双眼，他故作无辜地说：

"怎么样？我以为你喜欢这样，屈服……"

现在他可不会这么认为了。我一言不发，冲向自己的衣服，以最快的速度穿上。谁知道他还会做出什么来！今天我看得够多了。这样的经历我不想再有第二次。

"你要走了？我们说好了两小时。还有一小时呢！"

我害怕他又会变得凶暴，看来只好编个理由了。他当然不太可能相信，但我管不了这么多，必须得走。我感到自己的手在颤抖，但仍然鼓起勇气，以最快的速度说：

"今天是我的生日，所以不去工作了。有几个朋友在咖啡馆等着给我庆祝呢。我还有好几门课要考，所以也不能和他们待太久，得回去复习功课。"

我把所有想得到的理由都搬了出来，暗自思忖总有一个能说得过去，让他放行吧。我感到自己已近崩溃边缘，若再不想法离开这肮脏的房间，肯定会发疯的。不管拿不拿得到钱，我都得尽快脱身。

乔于是用最后的手段劝诱我留下。他打起了道歉牌。

"你用不着这么激烈，劳拉，这不过是点儿小小的情趣。"

"小小的情趣？可对我来说绝对不是……"

我停在这儿，不想跟他多废话了。此刻我已经穿戴完毕。就在我套上大衣时，乔对我说：

"你不洗个澡再走？"

我冷冷地说：

"不了，我现在就走。"

我违抗了好几次他的命令，让他一时不知如何是好。我不想给他时间思考，双手已经握上了门把手。就在这时，我意识到自己忘了样东西。我看都不看他一眼，拿起手提电脑抱在臂弯下，飞快地走出了房间。

乔在走廊里追上了我。

"拿着，劳拉，你忘了这个。"

他递给我一个信封。跟上次的一模一样。我打开来……里面有四百欧元。我抬起脸来看他，他的手凑近过来。我的神情是前所未有的僵硬。他抚摸着我的头发说：

"刚才很好，我很喜欢。"

他说话的口气就好像我是个"小乖乖"，这让我再次感到恶心。我几乎一把把信封从他手里夺过来，头也不回地离开。

出了酒店我就疯狂地跑着，连气都喘不过来。泪水顺着脸颊流下，在寒风中几乎凝成了冰。我绝不能一个人待着。我向着自己最喜欢的酒吧奔去，早在第一次卖身的时候，它就接纳了不愿回家的我。

保罗就在柜台后，擦拭着今天不知道第几个玻璃杯。他看到我神色狼狈地进来，脸颊被冻得红红的，眼睛闪闪发亮。我不准备跟他讲述自己的不幸，这事不能让任何人知道。我的表情不正常，所以如果我说一切正常的话，他八成不会相信。我的脸色很慌乱，唯一不让保罗起疑的方法就是把这种慌乱归因于意外的惊喜。

"劳拉？一切都好吗？"我在高脚椅上坐下的时候他这么问道。

"很好。我刚经历了一件疯狂的事情！"

这一点我可没骗他。快，编点儿什么出来吧。

"我刚在公司赢得一台手提电脑！太棒了，对吧？"

啊，多好的理由啊！我顺利脱身了。我把好不容易赢得的东西给他看，一边暗暗授予自己"年度最佳骗子"的称号。保罗向我表示祝贺，看起来真的为我高兴。我要了杯咖啡。不用我问，他便自动开始跟我说长道短起来。这样正好，此刻让我讲话或思考都是强人所难。

几分钟后我打断了他：

"保罗，我能在你这儿洗个澡吗?"

"当然可以，你自便好了。"

我实在不能再忍受皮肤上乔的气味了，一经许可，我就迫不及待地从座位上跳起来，臂下夹着电脑，向后堂走去，从那里上楼便通往浴室。我感觉自己的身体如此肮脏而羞耻，一定要用力洗干净。

我任水流长久地冲刷着身体，用掉了一半的沐浴乳。可洗完之后我还是觉得自己很脏。忽然，一切都变了。我看到房间角落里放着的那台电脑，做了一件前一刻自己根本无法想象的事情：我笑了。纯粹是为它属于我而感到高兴。喜悦盖过了其他所有情绪，刚出酒店时的那种恐惧轻快地飞走了。我感到自己浑身轻松，又可以直面人生了。再说今天是我的生日，我可不想让阴暗的想法糟蹋了这一天，以后有的是时间。我从来想不到今天下午我居然还能笑得起来。

我收拾好东西，跟保罗告别，离开了酒吧，心绪很平静。我准备去工作了。我并不觉得自己为一台电脑高兴有什么可鄙视的。

生日快乐，劳拉。

18. 爱情

2007 年 3 月

在我的妓女生涯之外，我和奥利弗继续见着面，但都没有表白什么。我们逐渐发展为柏拉图般的精神恋爱，但还不是正式情侣。为了平息自己的急躁，我试图说服自己，这样更好。我们都害怕一旦互相亲吻，接下去会发生什么。每周有好几次，我们都会在我工作结束后见面，通常是在老地方——保罗的酒吧里。

我不知道他以什么为生，因为他看起来永远有空，而且常常主动提出约会。我猜测他大概失业了。和前任男友马努的比较是免不了的。不同于前任的吝啬，奥利弗虽然钱不多，却一有可能就带我去吃晚饭。虽然连吻都没有接过，我也知道他在我生命中的重要地位。

我们从不把卖淫看做是一个需要解决的问题。奥利弗似乎接受现状，即他被一个以当妓女为兼职的姑娘迷住了。很久以来，我对卖淫已经失去了清晰明确的认知。奥利弗什么都没问。他很可能有自己的恶魔要对抗，无暇顾及我的。

我们会整日在V城闲逛，或者到我家聊天聊到拂晓。我们很容易就能理解对方，虽然也有分歧，但总体来说，我们的关系充满了人情味：一方总是努力了解另一方的想法，而不急于批评。我们也互相取乐。他的笑声对我的视觉和听觉来说都是一种陶醉。在声音爆发出来前一秒，我就能从他忽然缩进去形成一个鬼脸的嘴唇猜到他马上要笑开了，随之嘴唇也完全放松。我会这样看着他，自己反而忘了笑：这一幕对我来说太吸引人了。这个男人不帅，但在我眼里，他卓尔不群。他远不够完美，但就连这一点也让他显得如此高贵。接着他会停下来，转而欣赏我。于是沉默荡漾在我们之间，自然而优美。

一直让我吃惊的是，我们两个用了很少时间便已如此靠近。我并不寻求解释，生活及其遇合并不总能解释得清。我经常这样，遇事随缘，坦然接受而尽量不抱怨。

一天晚上，他打电话约我去他家吃晚饭。我高兴地答应了。我越来越重视他，到了刚一分别就想念的地步。

这一晚一如既往地愉快和谐。尽管前一天刚见过，我们还是为重逢而欣喜。聊天过程也一如既往：吵吵闹闹，胡乱开玩笑，又夹杂着对严肃话题的探讨。晚餐最后，奥利弗举起红酒杯，一手拿刀敲敲碟子边以示安静。他的神情可以用郑重来形容，我从没见过他这个样子，在自己座位上有点儿僵住了。

"劳拉……"

他斟酌着，这是个好兆头吗？我没回答，没兴趣。

"劳拉……"

然后他缓缓站起来吻我。这是我听过的最动人的爱情宣言。最近几个月，我听到陌生人欲火焚身地叫我的名字太多次了。我甚至希望再也不用听到这个名字，它会让我的精神分裂变本加厉，强迫我想起住在自己大脑里的假想的另一半——妓女劳拉。

可是这一刻，当他叫我劳拉，我的真实自我又回来了，找到存在的意义了。我在他的眼里不是妓女，我是劳拉。这个吻宣告了我们许久以来不敢承认的事实：我们深深相爱。和马努分手后，加上我从事的隐秘职业，我从没想到自己会这么快又坠入情网。我对客人当然没有任何感情，因此我常怀疑自己对所有情绪都已免疫。今晚奥利弗却向我证明，恰恰相反。这对许多人而言微不足道的一个吻，让我复活，让我再度接受自己：作为一个有能力爱的人，而不是一个任人享用的物品。

接下去的几周是我短暂人生中最热烈的时期。奥利弗和我寸步不离，肆意分享着生活，从没考虑过未来。我继续接客，原因很简单，我一直非常需要钱。我的物质欲望越来越强烈，会给自己添置半年以前想都不敢想的东西了。

我们第一次做爱的时候，发生了很有启示意味的一件事。奥利弗中途忽然停下，用他的绿眼睛深深凝视我。他打破沉默，对我说：

"劳拉……"

他咽了一口唾沫，好不容易才重新鼓起勇气。

"劳拉，你在做什么？"

"嗯……我不是正和你在一起吗？我们在做爱。"

"不，劳拉，你躺在这儿，让我干你。这和做爱是两码事。"

我退缩了一下。

"劳拉，我不是干你，我是在和你做爱。"

我完全停下来，要好一会儿才能明白奥利弗说的话。几个月来我只和客人发生过性关系，不知不觉中为了保护自己，已经形成了条件反射。等待、一动不动、闭上双眼：这些举动做出来，男朋友当然受不了。

奥利弗长久地拥抱着我，我陷入了平静而深沉的睡眠。第二天，我们温情款款地做了爱。

奥利弗并不漠视我的禁忌生活，相反，他逐渐成了我的日程表：为了自身安全考虑，我会把每次接客的时间地点告诉他。我丝毫没有意识到这种关系的奇怪之处。他完全允许我欺骗他，更有甚者，帮我做组织安排工作。随后我们不会再谈及，因为他不需要知道过程。我不觉得他是受虐狂，也不认为我有施虐倾向。我们只是想要分担一切，如果他有必要了解我客户的名字和约会的地点，我会跟他说。

有一天，我和一个新客人约定在火车站附近见面。我必须在傍晚去见他，在这之前，我和奥利弗去保罗的酒吧喝咖啡。滚烫的咖啡刚喝了第一口，我的手机就响了。是那个新客人。

"是劳拉吗？是的，我想晚上九点左右在火车站前的停车场碰头，可以吗？我知道这比计划要晚，但之前我走不开。"

"火车站前？我不知道……"

这家伙开始变得可疑了。

"火车站前的话，我不确定。我不知道那么晚跟你在那儿见面是不是合适。"

奥利弗抬起了头，听我说话。

"哦，不，劳拉，你不用担心的。我开车去，就在那儿接你一下，然后我们立刻就离开。我们不会在那儿过夜！"

我应该结束对话，取消约见。我不能在晚上去火车站附近，上一个陌生人的车。

"看来我只能取消见面了，那时候我有事。"

我没等他回答就挂断了电话。奥利弗的眼睛没离开过我，但我避开了他的目光。他感觉到有些事情不太对劲。

"还好吧？"最后他问。

"还好，没问题。我取消了。"

他还没来得及微笑，我的手机又响了。我应该料到的，这家伙没那么容易松手。我们注视着铃声作响的手机，知道是谁打来的。第一次，我感觉到我的禁忌游戏横亘在了我和奥利弗之间。

我接起电话，果然是他。

"劳拉，你怎么挂了我的电话？我确定我们能在晚上见面，或者就换一天。我们总能找到办法的不是吗？"

我含糊地说我没有时间，然后二话不说再次挂了电话。奥利弗的眼中燃烧着怒火，他就要爆发了。我抓住他的双手，雨点般的吻落在他脸上。我们感觉到形势的紧张，默然等着电话再次响起。

几分钟后，我们的沉默果然又被铃声打破。奥利弗粗暴地一把夺过手机，火冒三丈地吼道："喂！"

我不知道这客人说了什么。我想他听到一个恶狠狠的男人的声音，恐怕会被吓到吧。我只注意到奥利弗冲他喊，让他别再打电话过来，要是再敢联系我，他一定会找他算账。

我知道，我们已经越过了底线。奥利弗大声叫骂、怒火冲天、语无伦次。几个星期以来，连他也不知道，自己逐渐积压了多少愤懑。此刻愤懑终于冲破了理智的掌控，如脱缰的野马般发泄了出来。

他骂了一会儿，愤愤地把手机摔在木桌上。他只看了我一眼，然后低下头去盯着眼前的咖啡出神。我们再也没有回到这个话题，我继续着妓女生涯。没有日程表、没有两人共同的时间安排，我重新成为他的女友，而他重新决定对他不应该知道的事情眼不见为净。

我们火热的激情很快就因为这段插曲熄灭了。奥利弗再也装不下去。我也始终无法收手：我需要的钱越来越多。在那个时期，失去奥利弗是我最害怕的事情，可我依旧出去接客。卖淫已成了我日常生活的一部分，我说服自己，要是不卖淫，我就无法获得足够的经济来源。

一天早上，我在他家的床上醒来，发现身边是空的。天还很早，他睡过的位置还是热的。奥利弗在厨房里，对着窗口，陷入沉思。他慢慢地喝着咖啡，目光毫无神采。

我踮着脚靠近他，充满爱意地从背后环抱他。他没有动。于是几天来我最最害怕的事情发生了。

"劳拉……"

一直都是这声"劳拉"，他用这个呼唤宣告了他的爱，用这个呼唤帮助我寻回了自我。但是这一次，它听起来如此不同。这声"劳拉"是一个句号，在黎明时分，在这个暗暗的厨房里，终结了我们的爱。

就这些。我当天就收拾了散落在他凌乱的公寓里的个人物品，离开了他家。一到外面，我才纵容泪水沿着脸颊往下淌。这一次，我没有擦拭，因为这是应得的泪。

19. 恐慌

2007 年 3 月 25 日

我手肘撑在保罗酒吧的吧台上，和颜悦色但又心不在焉地同保罗聊着天。我还没有从上周和奥利弗的分手中恢复过来。他则很小心地避开了这里。

有生以来第一次，我感到了孤独。几个月前，我选择吐露了自己沉重的秘密；现在我觉得已经无法像以前那样把它深埋在心底了。它太沉重，我一个人无法承受。

保罗心思缜密，小心翼翼地不提到奥利弗：也许他尊重我们双方沉默的痛苦，也许他压根儿就不在乎。我们的谈话自然而然变得和过去一样浮泛了。

今天下午，我终于决定走出家门。整整一周我都躲在家里，努力沉浸在学习中，孤独地咀嚼着分手的痛苦。我知道必须忘记，翻过这一页，可是说时容易做时难。我应该重新回到"正常"中来，虽然我的生活已经不能算"正常"了。

门忽然开了。酒吧并不大，每个进来的客人都不可避免地要被大家端详一番。

我立刻认出了他。刹那间我惊恐万分，连血液都停止了流动。他带着女友——甚至可能是他的妻子，更可怕的是，还有他的孩子。一个笑容可掬的金发男孩，蓝色的大眼睛和鬈曲的头发。我只飞快地扫了他妻子一眼。我抑制不住想看看她长什么样子。她身材高挑，褐色头发，稍显丰满，但很优雅。她牵着孩子的手，对他笑着。这应该是一位好母亲。

我调转头，面向吧台背对着门，惊慌失措。

"嗨，保罗。"男人开口打招呼。

"嗨，马蒂亚斯！最近过得怎么样？好久没见了！哦，你把一家子都带来了！"

他妈的，他们认识！真是见鬼！一个月前，这男人联系过我，在一家小酒店做了一次"按摩"。此刻他就在我面前，在我的酒吧里。我坐在转椅上动都不敢动，为了不和他面对面，也为了不面对正在发生的事情。

到目前为止，马蒂亚斯还没注意到我，自顾自地和保罗聊天；在我背后，金发鬈毛的小男孩和妈妈咿咿呀呀地说话。马蒂亚斯只见过我一面，所以认不出我的背面是完全可以理解的。对他来说，我只是一个美好的错误，犯过了转身就忘。对我来说，我认识他们每一个人，因为认真观察过，所以熟记着每一张脸。我也记得他们的声音，常常会在路上因幻听而回头张望。

此刻他也把手肘撑在吧台上，和我肩擦着肩。我得走，离开这里，越快越好。我低头下椅子，落地时被包绊住，踉跄了一下。他转过头来。

我们的目光对视了。他的嘴微微张开了。他知道曾经见过我，在脑海里搜寻了一秒钟的工夫，他想起来了！从他的眼睛里，我看到了惊惧惶恐。这一瞬间只有一秒钟，在我看来却长似一千年。

保罗看到我拿了包，起身要走，叫住了我：

"劳拉，你要走了？你的咖啡还没喝完呢！"

"我刚想起来还有事，我得走了。"

我一边摆弄着包带一边含糊地说道。

"就两分钟。过来，我给你介绍马蒂亚斯，我最好的朋友之一！"

"不，我早就认识你的朋友了，在其他地方。"保罗不会理解此时此刻我有多么惊慌。要是他摸到我汗湿的手，大概就会明白有些不寻常了。马蒂亚斯听到这句话，紧张地往身后扫了一眼：他的老婆正半蹲在地上逗弄着小家伙呢！

"你好，初次见面，我叫劳拉。"

我边说边向他伸出手去。

"你好，呃……马蒂亚斯，我也很高兴认识你。"

这是多么戏剧性的一幕啊！我们僵硬的手指碰在一起，敷衍地握了一下就立刻分开了。我们焦虑的目光努力寻找其他落点。保罗注意到我们的尴尬。

"怎么样，劳拉？你不能再待一会儿？"

"不行，我得走了，对不起。"

是的，很抱歉。我看都不看一眼马蒂亚斯，结结巴巴说了声"再见"，扭头就走。我看到保罗不理解的眼神。他耸了耸肩，继续擦他的酒杯去了。

我一口气跑了一两分钟，想远离酒吧，抛掉此刻的思绪。我在一条小路拐角处停下，深吸了一口气。我忽然想大声喊叫，尽情哭泣。现在好了：我的两种生活相遇了，我的两个人格重合了。在此之前，我都能尽量兼顾，可是也不能太苛求我啊。我见到了马蒂亚斯的家人：之前我拒绝想象的一切，再次遇到客人该怎么办等等，终于成为现实，摆在了我眼前。

这样的情况不能再发生了。无论如何，我都必须离开这座城市。

20. 剥夺

我曾经发誓再也不见乔，可是他比我的情感更强悍。我告许他我很快就要去巴黎，愚蠢地以为这样他就会让我清静了。当时我是清醒的吗？"既然你要去巴黎，一定需要钱吧，总不能两手空空地去。答应我，再见最后一次吧，这没什么大不了的，我们两个也都需要。"

不久以前，我和乔互通了手机号码。当时我是迫于压力，如今才知道错了。要说他定期给我打电话，这也不对：他是彻头彻尾的骚扰！他很喜欢我，觉得我符合他幻想中性感俏皮的女学生形象。于是他提出了一个奇怪的建议。

五小时一千欧元。不得不说，这的确很诱人。可是五小时也太长了点儿。他想做什么呢？可我又立刻想到这个价码意味的东西。我从来没挣到过那么多钱，有了它我在巴黎就舒服多了。我可以安安心心找一份体面的合适的工作，而不仅仅是在小酒吧跑堂。我绝不能再落入像在 V 城这样的悲惨境遇。我决定离开，也离开藏藏掖掖、算计撒谎的生活。到了巴黎，我要安分守己。

我们还是约在那家酒店。不管怎么说，那里让我安心。对乔我也有一种信任，我承认很傻，但的确如此。上一次他的确让我痛苦屈辱，可至少去见他是没有生命危险的。我知道不管他对我做什么——也许会在午夜梦回时让我流泪——他都不可能用绳子勒死我或是用刀子捅死我。总之，我已经受到了他的影响。他付的钱多。

起初我们通过邮件保持断断续续的联络。他一直坚持想再见到我，我可以从字里行间感到他强烈的愿望。他不断写信来建议约会的时间，我就总是借口时间不合适。为了不让他觉得我是在敷衍，我也向他提出自己的建议，但都特意选择他没空的时候。我经常困惑，为什么我要这样应付他，不能直接把他从邮箱联系人中删除吗？但是我已身不由己。他是我的救生圈，每到没钱的时候我就依靠他脱困。

现在正是如此。我想离开这里，逃得远远的。我已经感觉到自己正在向某一种无法控制的东西倾斜，为此我需要钱，最大的问题就是钱。我身无分文，连火车票都买不起。

其他的我倒都准备好了：我妈妈的一个朋友可以在我找到工作和住处前暂时收留我。我伪造了一张医疗证明，使我可以逃掉习题辅导课。一个同学会替我上课，直到 5 月底我回来参加考试。工作可就只能放弃了。不过我也没准备在电话营销公司谋生。家人也知道我的打算。爸爸只是叹气，没有再责骂我，而宁愿忽视我。他感觉又经历了一次我在中学毕业班的退学。但我绝不会放弃学业。虽然距离远，我也要坚持自学。大学是我唯一的出路。这个想法时时浮现在我的脑海里，使我产生了前所未有的前进动力。

也就是说，这次逃离，是我摆脱卖淫、免于堕落的最后一个机会。只要凑够单程车票钱，我就立刻动身。

可是我没有钱。为了结束卖淫，我还得再见一次乔：这是多么讽刺啊。我屈服了，答应了他的提议。我通过邮件要到了他的电话号码。思考了几天后，我给他打了电话。

"乔，我是劳拉。"

"你好，劳拉，最近过得怎么样？"

我不想和他废话，截断了对话，开门见山地说：

"五小时，乔，一分钟都不能多。五小时一千欧元。"

对于我如此直截了当，他应该有点儿惊讶。不过他很快回答道：

"太好了，劳拉。五个小时，太好了，一千欧元对我也合适。那我们像以前那样在酒店门口见面？要不就星期五，下午一点？"

"可以，就星期五吧，我会去的。"

"别忘了带些性感的衣服。"

我立刻挂断了电话。每次他都要我带一些几乎衣不蔽体的装束，因为他觉得牛仔裤和 T 恤衫不能激起他的欲望，或者说，程度还不够。他想看到一个穿着女人衣服进行成人表演的学生。这才是他喜欢的。

星期五到了，我们在酒店门口见面。他让我先进去。我清楚地感到他又在头脑里安排什么场景了：或许我会和前两次一样，在床上看到一封信。

没错，床上的确有一张字条：

你好劳拉，

很高兴你答应和我见面，我敢保证，今天将是一次完美的约会。

和以前一样，我要你先洗个澡。然后再走出房间敲敲门。等我回答了你就进门。

这些要求一如往常：洗澡、敲门，没有任何新意。从某方面说，我放心了。我放下信，走进浴室。

热水缓缓浇在我身上，我觉得萎靡不振，提不起精神来。今天我没有力气和他针锋相对。

仔细洗过澡，走出浴室时，我看到他已经在房间里了，正躺在床上。我一句话都没说，遵从他的命令，走出房间。我敲了敲门，没有等他回答就走了进去：我始终害怕在走廊上被人碰到。

他没有动，也不说话，这意味着我得继续读他的信。

　　今天，我们会在房间里聊半小时左右，然后我
要带你去一个地方，就在酒店附近。

　　一个地方？什么地方？尽管这个酒店也会勾起令人抵触
的回忆，但我好歹熟悉它。除了这个房间以外，乔其他经常
去的地方，我都不认识，所以便显得危险。而且我也根本不
想和他到外面去接受大家的注视。我不想暴露自己。我的头
脑里此刻有一杆秤，一头装着我的理智，不断叫喊着要我离
开，一头装着一千欧元，闪闪发光地诱惑着我。这可不是好
兆头。

　　那是一家我很熟悉的性用品商店，我们一定会
乐在其中的。

　　我抬起眼睛，充满疑问又有点儿惊慌地看着他。
　　"过来，到我身边来，坐在沙发上。"他说。
　　这就是他说的"聊天"。接下去他将会使出浑身解数，
说服我去那个阴暗的地方。我已经可以预见到那幅场景了。
　　"听我说，那地方很好，可以激起我的兴奋。离酒店只
有几步路，我们不会被人看到的，真的很近很近。"

"我可不这么认为，乔，那儿会有人，我不想让人看见。我很不放心。不行，我真的不喜欢这个主意，我想待在这儿。"

"哦，不，劳拉，别担心。那儿很好的，不会有任何问题，我向你保证。没有人会看见你。商店里面有一个厅，只有熟客才能去。那儿光线很暗，没人看得到我们，相信我。我们可以一起看看碟片，很刺激的碟片。我经常和女人去那儿，每次都很不错。"

他知道必须耐心说服我，否则我会拒绝。他说的那种地方我一点儿都不了解，我唯一能够想象的就是阴森的气氛。我不知道有什么在等待着我，这就是问题之所在。过了几分钟，他最后说：

"听着，我们去看看。要是你真的觉得不舒服，我们就回来。我能理解你的想法，我也是很害羞腼腆的。"

我吸了口气，一个声音在我耳边说："一千欧元，劳拉，然后你就解放了。你可以丢开这里的一切了。没有这笔钱，你哪儿也去不了。"我妥协了。

"好的。不过一旦我不愿意，我们就回来。"

然后我们就去了那个性用品商店。的确就在酒店旁边，街角处。

我们进去的时候，门铃不断回荡着。一进门看到的就是营业员。他大概二十五到三十岁之间，美得让我目瞪口呆。

这是怎样的美男子啊！要是在路上或是其他场合碰到他，我肯定上前向他要电话号码了。可是在这里，身边站着年龄足可当我父亲的乔，我感觉自己的脸一下子红到了耳根。

他显然也注意到了我。有那么一秒钟，我从他的目光里看出他很欣赏我，可转眼这种欣赏就变成了厌恶。他一定是将我当成了那种到商店里来与人媾和的娼妓，也一定因为居然欣赏这样的我而自我厌憎。从来心高气傲、不肯认输的我，此刻却无地自容。这个男人的目光映照出了我一直拒绝承认的形象：从事卖淫勾当的劳拉，被老男人包养的劳拉。是的，在他眼里，我只是一个妓女。不过有什么了不起，他也不过是性用品商店的柜员而已！

乔付了入门费，很少的几欧元。他径直走向被黑色帘子遮住的内厅。又是帘子。每次见客人都有帘子。它验证了我所做的事是不好的、肮脏的。我尽快溜进内厅，避开了营业员的目光——他其实已经不再看我了。

里面很黑，我花了好几秒钟才适应这种黑暗。我首先闻到的，是一种兽的气息，一种肉体的气息。我浑身打了个寒战。等到我的眼睛终于能够视物，我看到自己面对着一台投影仪，正在播放一部色情电影，画面上粗俗的金发妇人正欢愉地浪叫。屏幕前摆放着二十几张椅子。一眼看过去，厅里大概有十来个人，都是男人，有的瘫倒在椅子里，有的站着，无一例外地都在手淫。我忍住了呕吐的欲望。整个厅很大，都装修成了黑色，看起来有点儿像夜总会：看得出来，有人还是努力营造一种时髦风格的。只是结果不如人意：任何人都知道进这地方来不会做好事。

"来吧，找把椅子坐下，我们看一会儿电影。"乔说。

我不知如何是好。坐在这些家伙旁边，无异于给他们机会看到我是谁。万一我认识其中的一个呢？他如果问我为什么在这里，我根本没有说得过去的理由。光是在性用品商店选碟片，这还可能说得通，大不了给人一种风流浪荡、"性"趣异于常人的印象。可是出现在这个厅里毫无疑问就很不对劲了。

我窘迫得像个六岁的孩子，只能乖乖听"父亲"的吩咐。在稍微研究了一下现有空位以后，我在第二排坐了下来，和其他在座的男人保持了一定距离。乔比我慢一点儿，他仍站着观察四周，看了看其他客人，也瞄了几眼电影。我感到不少目光转向了我。我是这里唯一的女人。那些客人肯定会觉得今天运气很好：他们将有可能和一个真正的女人实现他们的性幻想。

我努力沉浸在电影里，不去想其他的事。但这根本不可能。屏幕上女人的尖叫，身边男人的呻吟，这些声音是我无法避开的。我又不愿闭上眼睛。既然已经身处这样的环境，我还是坚持做自己的主宰。

乔靠近我，指着一个五十多岁的男人，对我耳语道：

"那个人，你可以让他靠近。我跟他提到过你，他不会拿你怎么样的，我很了解他。那边那个也一样，他很守规矩。"

乔说的第二个人与他年纪相仿，坐在第一排。他毫无顾忌地用手指指点点，被他指点的人正忙得不亦乐乎呢。这么说，乔认识他们，而且更糟糕的是，跟他们提过我！我感到自己落入了可怕的罗网。我曾指望和乔在一起至少能自我保护，可他却正是令我身处此地的罪魁祸首。我轻轻说了声"好"，继续观察着周围，警惕着危险会从哪里开始。

"够了，咱们今天电影看得够多了。"

乔这么说，好像我有多喜欢看似的。鉴于现状，我倒真的宁愿连看五个钟头的黄片。一旦站起来跟他走，真正瘆人的事情就要开始了。我不由胆战心惊起来。

"你带你的东西来了吗？"他问我。

"带了。"

我指了指墙角的一个塑料袋，我一进来就赶快把它放在了一边。

"很好，现在去换衣服吧，那边有几个更衣室，你随便用哪个都行。"

他指着我身后。在迷你影院屏幕的对面，靠墙并列着三间一模一样的更衣室。

我拿着衣服进去了。里面只容得下一个人，一张破椅子是唯一的摆设。从黑暗忽然进入光明，我在雪白的灯光中眩晕了一下子。我从口袋里拿出一件袒胸露肩的黑色轻薄睡衣，飞快地换上，因为我害怕这当儿有人进来动手动脚。

我走出去，双手抱肩，尽量遮盖住皮肤，乔在外面等我。他看到我的衣服有点儿惊讶，通常我不怎么做性感打扮。

"太好了，非常漂亮的睡衣！好啦，听我说，你重新进更衣室去，等一会儿。"

我不明白他的话，我也没时间去明白。乔轻轻推我进去，从外面关上了门。我忐忑不安地坐在椅子上。

我抬头看天花板，发现一个男人正盯着我。我扭过头不想和这赤裸裸的眼睛对视，但我的目光和另一双眼睛对上了。他们都在看我，他们都饥渴万分。

我感到绝望至极：我什么都不是了，只是一个物体，一个供人泄欲的东西。这是一个噩梦，不可能是真的。如果这就是去巴黎要付出的代价，我宁愿放弃，我想立刻回家。

我低下头，双手捂着耳朵，把自己与外界隔绝，等待。我在内心呼喊，我在头脑里哼一首歌，好让自己不去听他们的呻吟。我觉得自己到了崩溃的边缘。我哭不出来，痛苦是如此深重，眼泪已不足以表达。

我不知道这样过了多久。我把头埋在膝盖上，但当我再次抬头时，那些眼睛都不在了。我疯狂地左顾右盼，确认自己没有看错。太可怕了。我到底熬过了多长时间？十分钟？一小时？我一点儿都估计不出来。

我必须离开这个地狱，但又害怕那些恶魔仍等在外面，时刻准备向我扑过来。问题是我不能在这个更衣室里待一辈子啊。犹豫片刻，我谨慎地拉开门闩。

让我松了口气的是，外面只有乔一个人。他露出快乐的笑容，很可能他也是窥视我的人之一。

"你觉得怎么样？"

我没有回答：他清楚地知道我觉得怎么样。我害怕得全身僵冷、瑟瑟发抖。整件事里最荒谬的一点无疑是我完全受乔的摆布。他的目光中流露出一种绝对的权威。我能隐约猜到他的打算。如果我不立刻作出反应，很可能会成为这里所有人的猎物。我抱着绝望的心情，无精打采地收拾东西离开。乔和其他男人恼怒地看着我。他试图跟我说话，但我什么都听不进去。我抱着东西、几乎半裸地走出性用品商店，刚出门乔就追了上来。

"冷静点儿，劳拉。我还是会付你五百欧元的。"

我摇摇晃晃往前走，觉得自己快昏倒了，就像吸了毒，或者喝醉了酒，双腿支撑不住身体，连站都站不住。但是我至少还留有一些本能：要拿到信封才能走。

我们回到酒店，谁都没有说话。要是让我开口，我会掌掴乔，或者吐他一脸唾沫。我痛恨自己没早点儿明白他不是什么好人。我要跟他彻底了结。此刻的我只想着一件事，拿到钱，跑得远远的。我觉得自己太脏了，想哭，但是哭不出来。

一进房间我就对他说：

"我不想留在这儿。把钱给我。"

"去洗个澡吧。我把信封放在床上。我们周六再见，你觉得呢？"

在这样对我之后，他怎么还相信我会答应周六和他见面？即便五百欧元不够我去巴黎，我也再不要见到他了。和这种无赖商定下次约会？门儿都没有！不过最好别当他面说出来，房里就我俩，而且这家伙什么都做得出来，我还是不要招惹他为好。目前他还是有能力伤害我的。

"好的，周六再见！"

我必须洗澡，我受不了身上的那种味道。在浴室里，我强迫自己不坐到地上去，否则我就再也站不起来了。我听到关门的声音，乔走了。我把水调得滚烫，花了一刻钟时间，像疯子一样拼命擦洗皮肤和头发，然后穿好衣服走出浴室。

像乔答应的那样，一个信封躺在床上等着我开启。想到里面装着聊以慰藉的钱，我心痒痒地把它打开了：就算只有一秒钟的安慰也是好的。

里面有一百欧元。我确认了一遍：只有一百欧元。他少给了我四百欧元。他骗了我。泪水涌出眼眶，我痛哭失声，近乎号叫。我一把抓过手机拨他的号码，但是泪水迷蒙中，足足拨了三次才拨对，这又让我更为疯狂。我颤抖着双手，用拳头击打着墙壁，发出野兽般的叫喊。他的手机没人接听。他应该已经走远了。

我把信封翻了个底朝天，希望还能发现什么自己应得的东西。我甚至移开桌子，猛力抖动床单。我胡乱扫视四周，试着让自己相信乔一定把剩下的钱放在了什么地方。但是没有。倒是床上还有一封信，估计他临走前放在了装钱的信封下面。

信上的字迹很潦草，明显是在我洗澡时匆匆写就的。

> 劳拉，你可以看到，信封里只有一百欧元，而不是我们事先约定的五百欧元。星期六见面的时候我再把剩下的四百欧元给你。我只是想保证能在你去巴黎之前再见你一面。相信我，你会拿到钱的。傍晚愉快，劳拉。

我狂怒地把信丢到地上。巴黎消失了，新生活飞走了，我逃不出去，无计脱身。看来我永远都无法摆脱卖淫了。

我和乔的角色颠倒了。今天，受骗上当的人换成了我。

21. 潜逃

2007 年 4 月 2 日

周六那天我去了酒店，其实本来就没抱什么希望。乔果然没有出现。我的怒火仍未平息，等了半小时，我就开始急得跺脚，一个人在路上不停地咒骂他。路人不时回头看我，可我没注意，此刻我心里只有一件事情：拿回我的钱。

一到家，我就在他永不接听的手机上发了一条火药味十足的短信，叫嚣着让他还我钱。整整三天的沉默。这三天里我焦虑不安地等待，一想到巴黎就流泪。我看到埃菲尔铁塔已变得模糊，我所有美好的计划都将成为泡影。

终于，我的电话响了：

"劳拉?"

我立刻听出了他的声音。我爆发了：

"混蛋，乔，你把我当成什么了，我要你立刻把我的钱给我!"

我对着电话大吼道。幸好家里只有我一个人。

"我知道，劳拉，我知道。等一下，听我解释……"

"解释什么？你就是他妈的一个下流坯，立刻把钱还我！"

"劳拉，我现在不在家。我心脏病犯了，眼下在南边佩皮尼昂附近休养呢！"

我的怒骂暂停了一秒钟。

"我想给你转账，可是我妻子冻结了我的账户。我想她可能有所怀疑。"

换作以前的劳拉，也许会毫不犹豫地相信他。但是在被欺骗之日诞生的新的劳拉，已经不会上这些拙劣谎言的当了。

"我不相信，乔，这不管用了。还我钱。"

"劳拉，我说的都是实话，我病得很重，是癌症。我活不长了。"

这句话让我震惊。必须承认，听到这个消息，不管他对我做过什么，我的确为他感到难受。然而这种感觉持续了不到一秒钟，我心中再次燃起了仇恨。他继续说：

"听我说劳拉，明天我就离开这儿。我们得再见一次面，让我把钱还给你。我会还的，我保证。而且，我真的非常想见你。"

我挂掉电话。我不相信他了，再也不会相信了。

22. 擅闯

乔的事情过去两周了。我手里抱着大包小包回家。这回我不想节衣缩食：只此一遭，下不为例。另外还有一个原因。有一个朋友住在我这儿，我们准备做一顿大餐：印度烤鸡佐野米。我不想让他知道我的食品柜空空如也。想到这餐美味，我都馋得快流口水了。我心情很好，拎着沉沉的塑料袋，还一边哼着歌。

到家后我把食材放在厨房，跟我的临时房客会合。做饭的时候，他说：

"对了，半小时前有人打家里电话找你，我让他晚点儿再打来。"

"他说他是谁了吗？"

"没有。他只说是一个老朋友。看上去你很久没联系他了，他想知道你过得怎样。"

"好吧，如果有什么要紧的事，他会再打过来的。"

一小时后，我们正吃着饭，电话铃响了。我站起来去接，立刻听出了来电者的声音。皮埃尔。软弱无力的企业家。穿拖鞋的007。

"劳拉，我是皮埃尔。"

"你怎么有我的电话？"

我冷冷地问他。

忽然间，我一下子全想了起来——下午点心，我抽的烟，我打开的包。我不想知道其他东西，比如他为什么隔这么久才来电话：结果摆在那儿了，他有我的电话号码，也就意味着他还有我的地址。恐慌攫住了我的心，使我话一说出口就充满了威胁意味：

"你不许打这个电话，听到没有？"

"我知道，可这是你的错啊！你说会联系我，但你没有！我想再见到你，劳拉！"

这家伙疯了。很明显几个月来他对我着了迷。我焦躁不安，此刻他可能就在我家楼下，也许就是从我住的这条路上或者我住的大楼里给我打电话……

"听着，很简单，你要是再缠着我不放，我就一个电话打到你们公司，我会很高兴讲讲你是怎么跟十九岁的妓女上床的！你试试看吧，你要再敢打过来，我就毁了你的生活！"

威胁起作用了。一时间电话两头一阵沉默。我没等他再次开口就挂了电话。

接下去的几天里我提心吊胆，怕出门时被候在门口的他碰个正着。走在路上我频频回头，常以为自己在路人中看到了他。我知道他没有放手，因为每次电话答录机都会告诉我他打来了多少次，比如："此人今天打来二十六次电话，没有留言。"二十六次！他是不是有病！在答录机无数次提醒我疯子皮埃尔再次现身后，我决定拨回去。接电话的是个年轻姑娘，对我说皮埃尔·某某不在，让我第二天上午再打。这下可好，我知道了他姓什么，也了解到他总是从办公室给我打电话，可以给他点儿苦头吃吃了。他也真蠢，竟笃定我不敢找他的茬儿？

　　第二天，我平静地拨通了他的电话。我已有打算。接电话的正是他。我可以感觉到他听到我的声音倏然变色。

　　"给我听好了，皮埃尔。我只是想提醒你，要是——要是你来找我，我会立刻通知警察。"

　　"这对你有什么好处？"

　　"因为你看到我的名字时，本来应该确认一下我是否已经成年。"

　　他顿住了呼吸。我听到他低声说了句"他妈的"。他开始结巴，用一种哄骗的口气说：

　　"对不起，劳拉，我只是想见见你……"

　　我受够了。我被乔骗走一大笔钱，我的巴黎之行泡了汤，为什么还要勉强自己跟这个软趴趴的生意人纠缠不清，白白让自己烦恼呢。我对着话筒大喊大叫起来，把所有的怨恨发泄到他身上：

"我要告你骚扰！我知道你的地址、你的电话，还有你的一切。要是你再靠近一步，就别怪我不客气！"

"你不过是个妓女，劳拉。"

混蛋。看来威胁还不够，真得给他颜色瞧瞧了。我讥嘲道：

"你不知道妓女也是受警察保护的吗？"

其实对学生妓女来说，不是这么回事。不过管它呢，皮埃尔早就吓坏了，不敢去核实的。

"所以，你给我听清楚了，不许再打我的电话，也不许给我写邮件，你怎么来的还给我怎么滚回去：立刻，马上！"

我立刻挂掉电话。没必要听他的保证了。我知道我终于摆脱了他。我决心已定：钱不钱的都无关紧要，我要在第一时间离开这座城市。

23. 逃离

2007 年 4 月 19 日

我面前摆着西班牙语课本，却看不进去。现在是下午五点，这堂课是我在 V 大学上的最后一堂课了。昨天晚上我买了去巴黎的火车票。明天我将乘坐 12：47 的那一趟列车，两个小时后就会到达巴黎。

此刻对着课本，我真想大哭一场。我不能相信到今天晚上，一切都将结束了。一小时后，我将只是一个在逃学生。虽然反复告诉自己，按照目前的情况，我只有这个选择，去巴黎才是最重要的事，可我仍然将这个放弃视作一次失败。我又一次没能完成学年课业。我觉得自己似乎命中注定，无法安心坐在教室里上课。当然，这和高中最后一年的缘由完全不同，但我身不由己，我感到不得不选择离开是懦弱的行为。

我没有打折卡，所以火车票很贵。但假如这就是获得安全需要付出的代价，我是作好砸锅卖铁的打算了。离开学校才是我最难承受的。我下不了这个决心。我喜欢学生的日常生活，我喜欢每天去学校上课。尽管为此付出了太多，每当走在校园里，我仍然感到幸福。可是我没有放弃学业。无论如何，我再艰难也要读完这一年。我丝毫没有考虑过放弃，我为这一年押上了那么多筹码，怎么能在最后一刻让这些努力付之东流呢。接客也好，兼职也好，说到底，还不都是为了继续学业，不让自己在困难面前屈服吗？

因此我必须找到一个认真可靠的人，把讲义邮寄给我。一个大学同学立刻浮现在我脑海。我不是很了解她，我们只是同班，然后很自然地，上课时几乎总坐在相邻的座位。尽管我从没在校外碰到过她，但在校内我们相处得还不错。我不得不编造了一个理由——由于家庭原因，这在我看来是最说得通的——向她解释我为什么离开。说谎让我为难，可我没有办法。我提前付给她复印和邮寄的现金，她答应会把讲义寄给我。

作业不算在学期成绩里，加上有了医疗证明，老师们也不能指责我缺席习题辅导课。这样一来，我总算没有真的放弃学业，可我还是很伤心。九月份入学时我的美好构想全部崩塌了。我想哭，因为我觉得自己是社会不公的牺牲品；我想哭，因为我的希望全部落空了。我会在巴黎自学，但能成功吗？我具备那种能力和毅力吗？

昨天我向兼职的公司递交了辞呈。在那一刻，我同样感到揪心的疼，不是因为喜欢这份工作——事实上恰恰相反——而是因为不管怎样它都是我的避风港。它让我走出家门，它让我沉浸其中，不去想生活中的困难。我和同事们相处得也很好，我遇到不懂的东西时，他们都会帮我。老板没有认真追究我辞职的原因。学生们来了又走，这种情况他看得多了，一年总有十来个吧，所以一点儿都不稀奇。

我不知道在巴黎等待我的将是什么。也许谈不上比这里更好，也许我甚至撑不了半个月。我想开头肯定很难。我得到处奔波找工作。我还得重新习惯和人同住——而且是和我不太熟的人。特别是心情不好的时候，没有人会在身边帮助我、支持我、安慰我。我准备迎接这一切，因为这是为了一个更好的、更健康的未来。卖淫带给我的，只有无尽的恶果。

我通知了那个可以留宿我的妈妈的朋友，但她不能去车站接我。因为住在郊区，所以她告诉我要乘哪条线的 RER①。这些都是暂时的，她只是救救急。我必须尽快自己找到住处，或者和人同租，或者寄居在别人家。虽然心里一点儿底都没有，可我还是觉得再难也难不过我在 V 城经历的一切。

我面前摊开着讲义，却听不进课。我应该珍惜在这恢宏的阶梯教室度过的最后几个小时，可是脑子里早已开始胡思

---

① RER：地区高速列车网络。

乱想了。我想到了今天晚上，想到要独自一人收拾行李。想到必须带走的书和讲义。它们是我最惦念的东西，丢下什么都不能丢下它们，哪怕我的行李为此将重达一吨。啊，还有衣服，不过不是太重要，今年我没逛街也过来了。从九月开始，我不得不学着按必要性排列事物的顺序。

我的公寓可以住到月底，房租已经付过了。它要空一阵子了，算了吧。稍后爸爸会跟一个朋友一起来搬家具。我也通知了房东，她当然不开心，但我承诺会很快帮她找一个房客过来。她从来都不喜欢我，这也可以理解，哪个房东会喜欢拖欠房租的房客呢——虽然我的确已经尽力而为了。我在学校里贴了信息，说 V 城有一个单身公寓出租：就算眼下并非租房旺季，找个新房客应该不难吧。说到底我也无所谓，我有很多更重要的事情要考虑。

课只剩十分钟了。大家已经不安分地准备离开。我真想固定在座位上，永远不走。他们不懂。他们压根儿无法想象，为了摆脱艰辛的工作，我在这一年里经历了什么。教室里的喧哗盖过了老师的声音，他只能屈服，宣布下课。他一定明白，过了某个时间，学生们就听不进任何东西了，他们需要消遣。

听到老师说"下周见"，大家刷地站了起来。我和平时一样，心不在焉地把上课资料放进包里。然后慢慢站起来，套上外套，走出教室，就像别的普通日子一样。

到了教室外面，我拥抱了负责给我寄讲义的同学。她祝我好运，眼里流露出同情。关于离开的原因我说谎了，可我的确担得起这份同情。

说实话，我想离开也许并不是怯懦的表现，相反这是个英明的决定：若是继续待在 V 城，我会遇到许多风险。这里已经没有我的位置了。如果留下，我会永远逃不出噩梦；如果离开，我还有机会重建人生。

我向那个同学眨了眨眼，向地铁走去，就像别的普通日子一样。

24. 开端

2007 年 4 月 24 日

以四月的天气来说，巴黎热得让人难以置信。我匆匆忙忙收拾了行李，没把所有的薄衣服都带上。我管不了那么多。天气很热，而我达到了目的：离开 V 城。

正如我预见的，艰难时日再度开始。我的首要任务有两项，先找工作——安定下来——再找公寓。我给自己预留两周时间找工作，随便什么都行。超过这个时间，我将不得不接受失败，返回 V 城。我不能滥用妈妈朋友桑德拉的好客精神。

只要一想到返回 V 城，我就全身冰冷，这使我付出双倍的努力，想尽快找点儿什么做做。一周以来我马不停蹄，怀揣简历，跑遍了饭店，看遍了招聘启事。我不给自己留任何时间，免得又不自觉地想起那个可怕的解决措施。到现在为止，我都干劲十足，对巴黎这块逃亡之地充满希望——因为这儿没人认识作为妓女的我，因为在这儿我可以从零开始。

　　和妈妈的朋友桑德拉的同居生活，到目前为止都还不错。她热情地欢迎我给她的公寓带来一点儿人气。有一段时期她和妈妈很亲密，所以也很高兴认识故友的女儿。如今她年过五十，脸上刻画着生活的艰苦。她在一家家电公司做会计，全日制的。她很讨厌这份工作，回家时常常疲惫不堪，被她的同事们，也被堆得如山高的做账数字折磨得精疲力竭。但我还是觉得她很漂亮，尤其是工作回来，把染成金色的头发盘成一个发髻的时候。她生活平静，衣食无忧，但也绝不富裕。公寓里没什么奢侈品，家具大多是回收的，但她用暖色调的布料把整间公寓装饰得让人赏心悦目。

　　我们常一起吃晚饭，她甚至帮我起草求职信。有天晚上，她告诉我自己大学毕业以后也过了好几年苦日子。我心里想不知她有没有考虑过卖淫这条路。果真如此，我会稍感安慰，至少我不是孤身一人了。

　　在她家里我感觉很好，尽管我也怀念自己那间小小的单身公寓。她为了接待我，布置了一下客厅，把沙发床展开了。每天早上起来，我都会礼貌地重新叠好沙发床，我想打扰她越少越好。

　　其实从我来了以后，就没花多少精力在找房子上面。因为没有工作，也就没有担保，根本不可能有人肯租房给我。

我希望按顺序做事，但同时也清楚时间不多了。桑德拉的热情和气只会更让我产生不能久留的想法。经验告诉我，两个人之间一旦一方亏欠另一方什么，他们关系的崩坏会比想象中快得多。要依靠她我心里已经不舒服了，绝不能让她也因为我的存在而不舒服。

焦虑再次侵袭。我孤身一人在巴黎，远离家人和朋友，无依无靠。必须尽快作出决定：回 V 城，承认失败；或是留下来，有所行动。我选择行动。回 V 城这种事情，光是想想就让人后怕。我经历过更坏的，现在还坚持得住。

眼下还没人通知聘用我。已经一周了，我心中忐忑至极。装钱的口袋已经空了，凭身上仅有的这一点儿，我不知道能不能撑完这个星期。

可怕的过去也不肯轻易放过我。乔纠缠着我不松手。他每天给我发短信，恳求我回去，还说愿意帮我付车钱。他声称临死前想见我最后一面；又把价钱定得惊人的高，让人无法相信。我不接他的电话，避开他的罪恶。只要手机上没有来电显示，我就不接。当然我也得承认，不止一次，我差点儿就抵抗不住诱惑，想回去闻闻那钱的气味了。

在和过去一刀两断的时候，我越来越有一种诉说的欲望。晚上躺在床上，可怕的画面一幕幕从眼前闪过，令我辗转反侧，无法入睡。莫非我一生都要带着这个经历的烙印？想到这里我常常潸然泪下。说出来，可是向谁去说？我翻遍了学生卖淫的论坛，却找不到需要的答案。相反，有些女孩反而因为我说卖淫对学生来说是个大祸患而对我唇枪舌剑。她们说着一些荒唐至极的话，跟我的感受大相径庭。渐渐的，我不再上网，也不再认为这类论坛可以帮我获得心理解脱了。

伴随着失眠，我能找到的唯一慰藉就是学习和写作。万籁俱寂的夜里，我书写着自己的经历和感受，几小时几小时，什么都不想。就这样，我居然逐渐驱散了啃噬内心的不安。我敲击着乔送给我的电脑，写得越多，便好像越能远距离审视自己的生活。我开始看到希望的微光，开始思忖有一天会走出阴影。或许我将不再是妓女。

我也很用功学习，比在 V 大学的阶梯教室上课时还要用功。未来充满不确定性，我不能随意浪费。这周我收到了第一批讲义，开心极了。同学没有忘记我啊。我还是抱着希望：如果能在巴黎找到工作，我就存钱，然后在这儿的大学注册。我肯定能做到。动荡的生活使我奋起，我知道艰难的滋味，也不愿意再沦落到那一步。有时候，对着不会做的练习、不理解的课文，我也会哭。我想爸爸说得对，我的确从没干好过。也许是没有，但至少我尽力了——在几乎一无所有的基础上。人们可以责备我、审判我，可走过的路是无法回头的。而且，我经历这些只是为了有更好的未来，我卖淫只是为了继续学业。或许该骂，没错，但我从未向生活屈服。

　　如今我不容自己灰心，我有太多的事情要做。太多的事情要成功。

25. 依靠

在巴黎的这段日子我过得非常忙碌。不过，我的努力寻找终于有了回报，时间是两星期后，刚巧和我留给自己的期限一样。我的新工作是在巴黎市中心一家颇具格调的饭店当服务员。我还是住在桑德拉家里，每天来回路上奔波很累人，但至少我开始挣钱了。为了充分利用遥远的路途，我出门前往包里塞一些讲义，在地铁里看。我强迫自己集中精神，尽管有时眼睛不自觉地往下闭。我的工作时间不固定，晚上有时结束得晚，地铁都停了。第一次我打了一辆的士。没办法，我和同事不熟，不能让他们收留我一晚。一路上看着计价器上噌噌往上跳的数字，我发誓再也不打的了。总不能把挣的钱都用在赶夜路的出租车上吧。

我再一次面对着怪圈：我有工作了，是的，可要是我不能保证晚上的工作时间，我会很快失去它。我看遍了租房信息。本以为 V 城的价格已经是噩梦了，没想到巴黎根本就是地狱。我找不到任何负担得起的住处，连寄居都不可能。与人合租的话，有时候价格还比较合理，但要求的担保太多，有些甚至超过租住公寓。我想为了让房客及时付钱，房东们一定会施加不少压力：房客越多，拖欠的风险就越大。

起初，桑德拉不断跟我说："不用担心，你在这儿想住多久都行，你一点儿都没打搅我！"看到我急切地需要一个离工作地点较近的住处，她也不遗余力地帮我，向周围打听有没有闲置房间。一无所获，连一个可供我容身的阁楼都没有。

她的热情逐渐转变为简单的礼貌。看到我的求租始终没有进展，她开始跟我拉远距离：这是人之常情。我们不再一起用餐，她很少跟我交谈。正像我预见到的，我的存在令她感到不舒服了。我感觉自己打扰了她的生活。公寓本来就不大，我又占用了客厅，的确增加了很多不便。

一天晚上，我跟往常一样回来很晚。我累极了，恨不得立刻躺到床上去。我发现她和两个朋友吃过了晚饭，正在客厅边喝葡萄酒边聊天呢。看到我出现，她做了一个意义明确的表情：希望我不要出现，影响她和朋友的聚会。我感到很抱歉，尽量不引人注目地溜进浴室洗澡。再出来时，她的朋友们已经走了。

"你朋友回家了？"

"是啊，我们不能继续在客厅谈下去了，这儿是你睡觉的地方。"

我超过她忍耐的极限了。我一声不响，拉开沙发床睡了。我知道，明天我一定得走——在桑德拉把我扫地出门之前。

第二天工作的时候，我问一个同事能不能留宿我几天：她在城里有一套很大的公寓。我们相处愉快，我知道她不会拒绝。我真讨厌这种处境啊。

"不会太久，等我找到合适的，我就搬走。"

她微笑着接受了。开始常常这样，人们一口答应，为自己多了个伴而开心。但过不了多久，就会发现还是喜欢一个人的自在。何况在巴黎，公寓一般都很小，大家很快就开始不客气了。我知道这只是权宜之计，得赶快另找住处。为她，也为我自己。我不能也不想再依靠他人了。

晚上一回家，我就收拾了行李。桑德拉没想到我动作这么快，紧紧拥抱了我。她肯定也很同情我的境遇，说不定还很愧疚。但我也知道，我一走出她家，她就会做一件一个月来没法做的事——躺倒在沙发上，为失而复得的清静而欢欣鼓舞。

一次又一次的波折常让我患得患失。要是我丢开这一切呢？要是我接受乔的建议呢？我就不用受苦了。我知道，说到底这不是办法，是暂时的饮鸩止渴。它闪着金钱的光泽，可一旦靠近，就能发现其卑劣危险的本质。

我打电话给帮我寄讲义的朋友，给了她我的新住址。她没有问什么，正好，我也编不出另一个谎言了。她正在复习，想到即将到来的考试担心得要命。

"劳拉，你会回来考试的，对吧？要是你愿意，可以住我那儿。"

我对她说当然，并感谢她的建议——我会接受的，因为五月阶段考试期间，我在 V 城无处可去。

我和老板商量，在两周内每天工作十二小时，弥补接下去一周的缺席。最后我得到了五天的休假。这正是我需要的。

我通知妈妈要回 V 城，但同时也说没有时间去看他们。她当然很失望，但我知道她同时也很骄傲，为自己拥有这样一个总是成竹在胸、勇于承担责任的女儿。

考试周过去了。我只有一个愿望：躺在床上，什么都不想，好好睡上一觉。我一直没有休息，和朋友一起熬夜温习，互相鼓励。人是有弹性的，尤其在学年即将结束的时刻，我说什么都不觉得累了。成功的欲望超越了一切，要是经历过这么多还失败的话，命运也太不公正了。我拼命学习、拼命复习，不让自己在最后一刻垮掉。我拒绝垮掉。这一年我付出了一切，包括我的身体。绝对不能失败。

阶段考结束后，我深深感谢了朋友的接待和帮助，乘上了回巴黎的火车。她什么都没问，我的私生活只属于我自己。

一回到巴黎，我立刻投身工作，像往常那样无休无止，甚至没有时间去想考卷和结果。能做的我都做了，接下去就是等待。

几天以后，我在电脑前等着看成绩。两周以来，我一刻也没忘掉这个日子。我输入自己的学号，几秒钟后就能切换到个人成绩的页面上。我紧张得发抖。要是没过呢？我的论述文说理部分也许不很有力。我的文字中可能暴露了自己的疲惫和厌倦……

成绩忽然在我眼前跳了出来。我通过了，评语是"较好"。我坐在电脑前，流下了喜悦的泪水。终于，在这一年里我经历的考验并不是徒劳的啊。

26. 希望

就是这样。我通过了阶段考试，仍留在巴黎。我又长了一岁，新的学年也开始了。整个暑假我都在饭店打工，尽量攒点钱。我仍住在同事家里，没有发生我担心的情况，我们相处得不错。我尽自己所能替她分担一些房租。我们的同居完全不同于我和马努的同居。她过得也很辛苦，所以能理解我。

我经常给父母打电话，我们的关系大有改善。去年一年，我比任何人都成长得要快，这一点也反映在我的行为举止中。我能感到他们对我的支持。通过妈妈，我得知爸爸为我的勇气和获得的成绩而惊讶感动。他们始终不明白我为什么离开，我希望他们永远不明白。我知道他们为不能从经济上援助我而深感遗憾，但他们的精神鼓励让我振奋。他们向我证明了我一向知道的事：不管我怎么做，他们都会在我身后支持我。

我还在找公寓。我要在巴黎注册大学第二年，工作情况也必须相适应。我不想回 V 城，那里不会有出路。我也不能叨扰同事太久。饭店想和我签订长期的半工合同，我打算接受。有了这份工资的保障，生活就会容易些。

但是现实比预计的要复杂。我跑了很多单身公寓和寄居户，发现自己的档案没什么竞争力。我没有担保人。就算签了长期合同，房东们还是情愿租给有担保人的房客——而我没有。我父母挣得还不够多，不足以做我的担保——确确实实。

因此我的未来还不确定。我头脑里装满梦想，但社会不断将我拖回现实。我想继续学习，但障碍始终存在。我能找到住处吗？我能协调学习和工作吗？最关键的是，我能足够坚强，不再堕入卖淫道路吗？性交易的钱来得又快又多，我很难不受诱惑。我知道自己想要什么，但也知道现实并不总是允许我这么想。希望是巨大的，手头是局促的。

后记　互联网时代的大学生卖淫

埃娃·克鲁维^①

"在法国，大约有四万名大学生通过卖淫筹集资金，以保证继续学业。"这一信息是 SUD^② 大学生工会于 2006 年春在反对《就业机会平等法》运动中发布的，目的是引起法国政府对"大学生现实"的关注。该工会在请愿活动中强调了目前相当数量的大学生面临的生活困境（住房昂贵稀缺、资金入不敷出、兼职与学业无法兼顾等），直指《就业机会平等法》中的矛盾，揭露了公共权力部门试图以该法令加以掩盖的体制问题。

自 2006 年秋以来，媒体（主要是平面媒体和电视）获知了这一信息，将大学生的经济问题以新的角度呈现在世人面前。在大选前的紧张氛围中，四万这个数字让人惊惶不

---

① 埃娃·克鲁维（Eva Clouet），二十三岁，社会学硕士研究生，研究课题是"性别与社会政策"。

② SUD（Solidaires, Unitaires, Démocratiques）：团结、统一、民主。

安。好奇、惊讶、愤怒、不解、怀疑、幻想……大学生卖淫的主题就此进入公众视野，引起众多争论和反应。

在我们的社会里，卖淫——不管是何种形式的卖淫——是一种被谴责的行为，妓女①这一职业，也在集体想象中被归类为"边缘化"的人，因为他们"绝望到靠出卖肉体为生"。一旦涉及到大学生，便更令人困扰。我们眼中的妓女②——在人行道上拉客的外国女子——与大学生所代表的形象格格不入。然而正如劳拉所写，大学生卖淫确确实实存在于法国。那么，如何解释在法国这样一个发达国家——其教育体制虽然常被人诟病，也的确有需要批评之处，但通常都被视为成功的典范——有些大学生会卖淫呢？

到目前为止，尚没有人对此进行专门研究，因而我们无从得知该现象的规模。四万这个数字，由于并非科学研究得出的结论，所以只停留在估计上。尽管如此，劳拉的故事以及我对其他伴游女的观察，仍能反映出一些关键因素，有助于大家理解大学生卖淫这个复杂的问题。

① 采用约定俗成的说法，本文指所有通过性援交获得酬劳的男人、女人和变性人。
② 2006 年 2 月，南特大学心理与医学专业二年级的一百三十八名学生接受了关于大学生/非大学生卖淫的问卷调查。结果表明，在法国，卖淫者的"典型形象"是"在大街上招徕客人的（71.3% 被调查者）年轻的（84.8% 被调查者）外国（82.6% 被调查者）女人（97.8% 被调查者）"。这一"典型形象"反映出媒体上定期展现的卖淫者（特别是提及卖淫网络时）以及最可见的卖淫形式（拉客过程在公共街道上完成）。然而，根据世界卫生组织南特分部所作的研究《关于卖淫》，站街卖淫只占法国全部卖淫活动的40%。

一、大学生卖淫，一个混杂的现实

如今，存在着各式各样的卖淫主体①、卖淫场所和卖淫方式。因此，人种学家和政治学家雅妮娜·莫苏-拉沃（Janine Mossuz-Lavau）说，从今往后，"卖淫"一词应当使用复数②，"因为情况太复杂多样了"③。每一个地方（工作室、酒吧、夜总会、互联网、按摩沙龙、高速公路旁边、树林、小卡车）都对应一种类型的卖淫，包括各自的参与者、暗号、特性、价码、顾客群，各自的限制条件以及各自的关键。卖淫大学生也无法避免具有这种多样性。因此，有些大学生在街上拉客④；有些在校园里贴"信息"，在大学城里接客；有些则在众所周知的"夜店"或"按摩沙龙"就地解决；其他的比如像劳拉——通过点击互联网得到援交机会。所以大学生卖淫并不是某种单一的现实，它包括多种形式和行为。

然而，新的沟通工具的普及似乎促成了越来越多的"业余"卖淫现象（与"职业"和"兼职"卖淫相对应）：上世

---

① 属于某一社会阶层的个人，如大学生、中产阶级年轻人，等等。
② 法语中，"卖淫"的单数是 la prostitution，复数是 les prostitutions。
③ 雅妮娜·莫苏-拉沃、玛丽-伊丽莎白·汉德曼（Marie-Elisabeth Handman），《巴黎的卖淫》，巴黎：马蒂尼埃尔出版社（Editions de la Martinière），2005 年，第13 页。
④ 关于这个群体，可参见塞蕾妮娅的自述《我是学生，也是妓女》，作者 E·菲利普，载于《妇女精神》（月刊），2007 年 2 月号第 21 期，第 56～57 页。文章讲述了她在图卢兹街道上卖淫一年的经历。

纪80年代的迷你终端①如此，今天的互联网和手机亦如此。而其中大学生占到了很大比重。

面对各种各样的卖淫大学生，这篇后记将视线聚焦在一种特殊形式上，也就是劳拉所采取的形式：即通过互联网，自主（无淫媒）、随机、主动（有选择）的大学生卖淫。

上世纪80年代的迷你终端以其著名的"玫瑰色短信"和今天的互联网一起，在卖淫方面，对卖淫者（供）和客人（求）双方均表现出不容忽视的优势。除了选择面广、随时更新的优点，互联网使人能在任何时间、任何地点，只需很少花费，便能隐蔽、安静地提供/接受援交，因为它提供了"一种舒适安心的匿名制度"②。另外，互联网使警察的行动更为艰难："在网上办事的妓女没什么大风险，即便可能因拉客被追究，她们也不是警察关注的首要人群。"③ 因此，许多以前的站街妓女和"匿名者"——大学生也在其中——都投入到这项活动中来了。

互联网上最常见的有偿性交易提供方式是"伴游女"。这个词最初指在晚上"陪伴"一个人（多数是男人）去吃

---

① Minitel，迷你的视频文字终端。

② 帕斯卡·拉尔德里耶（Pascal Lardellier），《真相：互联网上的单身和爱情》，巴黎：贝兰出版社（Editions Belin），2004年，第65页。

③ 摘自戏剧《初学者——轻松一击便成妓女》的作者和导演雅安·何佐（Yann Reuzeau）的"意图说明"。该剧于2006年11月到2007年2月在巴黎修道院长工坊剧院演出。

饭、看戏……在这种情况下，发生性关系不在双方协议之内，而是客人和伴游人之间的私人行为。正是由于这种模糊性，"伴游女"通常等同为"高级妓女"，因为她旨在满足一种特殊的需求。"人们要求她美丽、有魅力、与众不同，但又要足够聪明，能够陪伴客人——多数情况下是成功男士。"[①]如今，"伴游女"依然存在，她们通过一些"专业公司"从业，但是"伴游女"已被广泛用来指代通过互联网从业的妓女群体——不管她们的援交到达何种程度。因此这个词涵盖了多样化的现实："被从人行道赶走的站街妓女、日程排满的职业妓女、由卖淫网络控制的外国妓女[②]，或者兼职性的'黑夜美人'[③]"。

不管是"职业"伴游女还是像劳拉一样的"业余"伴游女，都在专门或普通网站的专栏"有偿约会"/"成人约会"上发布信息，进行拉客。这些信息会提供与服务相关的详细

---

① 克丽斯黛尔·沙芙（Christelle Schaff），《调查：卖淫在法国》，拉古纳出版社（Editions de la Lagune），2007 年，第 50 页。

② 网络上的妓女并不都是独立的，很多为"公司"服务。有些受到淫媒的压迫，随着"巡回制"的建立，这种压迫和奴役愈加严酷了。"巡回妓女"：指为淫媒工作的妓女/伴游女。淫媒会在一段较短的时期把她安置在某个西方大城市的酒店里，让她每日接客（经常每天十人以上），然后再换个城市进行。对妓女的聘用（通常在东欧国家进行）和拉客行为通过互联网实施。"巡回"是指妓女本人如同"巡回演出"一样，在各大西方城市周游。2000 年 5 月，"反人口贩卖斗争中心"成立了一个下辖机构，专门打击与高科技有关的犯罪。这个机构名为"信息技术犯罪打击中心"，主要负责处理一些较轻的罪行，包括淫媒犯罪。

③ 马修·弗朗雄（Matthieu Franchon）、安德烈亚斯·比特内希（Andreas Bitesnich），《白天白领女，黑夜伴游女》，载于《冲击》周刊，2007 年 6 月 28 日第 87 期，第 26 ~ 33 页。

信息，如三围、年龄、所在地、服务时间、价格，有时也简短说明提供的援交类型，以及有无"禁忌"①。

一定数量的伴游女拥有个人网站或博客。这些个人化的站点通常页面设计很普通，展示方式也雷同。首先会出现一个窗口，提醒浏览的人必须成年。进入站内，会有一篇文章相对详细地介绍此人，作者通常是伴游女本人。有些只描述外貌特征，有些则一并给出个人的兴趣爱好、婚姻状况、卖淫原因……文章也透露出伴游女对"有偿约会"以及客人行为的期待（见面条件、性行为喜好、客人类型等）。接下去会分几个栏目明确她提供的服务的性质。通常包括：可接受的援交服务、拒绝的援交服务、价格、服务时间（工作时间），最后是联系方式，会列出电子邮箱地址和/或手机号。博客都包括"照片栏"，展现伴游女在不同角度下的面貌。我们注意到，很少有"非职业"伴游女在照片中露出面部。一般来说，遮盖面部的伴游女都是想以此保护自己的身份，因为她们的家人、朋友不知道她们从事卖淫，以及/或者伴游并非她们的唯一职业。这些人经常有另一个"官方"身份（如大学生），卖淫只是"兼职"的（每月接客几次）。

对这些"兼职卖淫者"来说，卖淫是第二职业——她们的第一身份可能是秘书、家庭主妇、律师、求职者、大学生

---

① 在援交术语中，"禁忌"指伴游女拒绝提供的性服务。反之"无禁忌"则指可以接受任何性行为的伴游女。

等。她们通常是独立的（为自己工作），卖淫活动是在某种条件下的个人选择——而且是理性选择。马莉卡·诺尔[1]指出，独立的兼职卖淫者都不为社会服务机构所知（正是由于这个原因，没有任何政府或民间机构了解大学生卖淫现象）。作者还说，这种"主动卖淫通常受金钱驱使，或者因为这一行有利可图，代表奢侈的物质生活，或者因为这些人需要额外的钱贴补生活"。

选择卖淫——选择过一种"双重生活"——的可能性由于互联网的存在而大大增加了。根据雅安·何佐的分析，"如今，很多妓女借由互联网开始卖淫。如果没有这个'伪'虚拟机会，很多人永远都不会涉足其中……因为互联网可以将这个行业展现在任何人面前。一台基本设置的电脑、一个网络链接、两三张照片及一刻钟时间，好了，你就成了伴游女！"[2]如果我们看看劳拉的讲述，不难发现她就是在互联网上轻而易举便找到了很多意图明显的信息。对金钱的需要和好奇心的驱使，加上躲在电脑屏幕后面带来的"安全感"，使劳拉在互联网上找到了"期待的脱困方法：轻松安逸而且速度快……"

① 马莉卡·诺尔（Malika Nor），《卖淫》，巴黎：蓝骑兵出版社，2001 年，第 54 页。
② 主动的业余卖淫现象是雅安·何佐新剧的主题。她在戏剧《初学者——轻松一击便成妓女》中描述了一个十九岁的医学大学生玛丽翁，为了继续学业而通过互联网兼职卖淫的故事。

乍一看，大学生卖淫似乎是让人难以置信的事情。然而我们知道，这一群体远未到"在钱堆里打滚"的程度，很多人在学校课业以外还有一份兼职①。另外，大多数提供给大学生、与课程没有冲突的工作都没有丰厚的薪水，甚至很微薄。因此，要理解"对一个经济困难的年轻人来说，这一行带来的金钱诱惑是巨大的"②。

二、哪些大学生通过互联网卖淫？

很难勾勒出互联网卖淫大学生的"典型形象"。但是第一个可以肯定的论断是：几乎全部的网上信息都是由年轻女孩发布的。再者，如果我们看看一年来出现在平面媒体上的相关文章，没有一个作者提到过男学生卖淫。对很多人来说，卖淫是"女人干的勾当"，推而广之，大学生卖淫也只牵涉到女大学生。诚然，网上鲜少看到男生发布的信息，但这并不意味着男大学生卖淫不存在③。就这一点而言，我们

① 根据大学生生活观察研究所（OVE）调查分析：在法国，47％的大学生在课余时间有一份付薪酬的工作，其中15％一年至少半工作六个月。

② 克丽斯黛尔·沙芙（Christelle Schaff），《调查：卖淫在法国》，拉古纳出版社（Editions de la Lagune），2007年，第140页。

③ 我在开展研究时，遇到过一位男大学生，他曾有两年时间站街，如今则使用互联网——他认为"比在大街上风险小"。他不发布信息，也没有博客，但是会上一些男同性恋网站，寻找客源。他认为，男人——包括男大学生——作为"'有偿'性服务"工作者很少被注意到，是因为供求关系的原因。"对'无偿'异性关系的需求远远大于供应"——女性卖淫填补了这一空缺。"然而，'无偿'同性关系的供求关系差距较小。男性卖淫者比女性要少，就是这个原因，前者的需求受到了'无偿'关系的排挤。"

不应认为卖淫的只有女性，而应考虑两性间的差异。之所以在卖淫活动中，女性凸显为供方，男性凸显为求方，那是因为这一古老活动深深扎根于两性不平等的复杂社会体制。（被社会塑造的）女性处于（所谓"自然"形成，但实则也是由社会塑造的）男性"冲动"的控制之下。要理解卖淫以及大学生卖淫问题，必须充分意识到这种男权阶层对女性阶层的统治机制。

现在我们知道，绝大多数卖淫大学生是女性。而且，许多记者调查显示，女大学生卖淫基本都是由于缺少金钱，也缺少在学业之外从事有足够经济回报的工作的时间。媒体在解释她们借助卖淫寻求改善措施的理由时，强调了她们经济上的不稳定和不断增长的生活成本。这也是促使劳拉走上卖淫道路的原因。像许多公立大学的学生一样，劳拉出身于中产阶级家庭，她的生活水平和家庭的经济情况息息相关。根据政府制定的标准，她的家庭不在受助家庭之列：父母均有全日制工作岗位，薪水被认为"足够"满足全体家庭成员所需。但现实是，即使家里有两个人的收入达到最低保障工资线，很多所谓"中产"家庭仍必须"勒紧裤腰带"才能过活。

因此，经济状况——这与学生所处的社会阶层有关①——不足以解释为何有人选择卖淫。的确，并不是所有经济困难的学生都去卖淫！也并不是所有伴游学生都非常缺钱②。因此，媒体把"伴游女"塑造成"穷学生"的形象，是有待商榷的。

三、大学生出于何种理由选择卖淫？

根据我的研究，女大学生的卖淫反映了她们对各自生活的不同反抗。因此，促使她们作出这一选择的动机因人而异，她们的形象也不尽相同。

对于有些人，和劳拉一样，卖淫首先是出于"功利"目的——赚钱以继续学业。对于另一些人，卖淫体现了一种"禁忌幻想"，使她们与传统的家庭价值观决裂。对于还有些人而言，这是对男人的一种"报复"——因为她们在先前的无偿（性）关系中受到了伤害。从这些纷繁（未穷尽）的现实中，我们能归纳出三种反抗模式：对社会和经济现状的反抗、对家庭道德观的反抗、对无偿爱情关系的反抗。当然，这些模式不是固定不变的，有些女大学生综合了其中的两到

---

① 生活质量调研中心（CREDOC）1992 年提供的数字表明，父母和家庭成员的资助在学生的经济来源中占 44.6%。——奥利弗·加朗（Oliver Galland）、马尔科·奥贝迪（Marco Oberti），《大学生》，巴黎：发现出版社，1996 年，第 67 页。

② 我在开展研究时，遇到过两位"伴游女"学生，经济收入不是她们卖淫的首要目的。两人都受到家庭的资助，生活优越。

三种。

1）对社会和经济现状的反抗——不惜一切争取成功的女大学生

为了挣得学费、房租，为了避免月末赤字等——造成女大学生卖淫的原因之一显然与学生群体的贫困化有关。大学生生活观察研究所（OVE）所长纪尧姆·乌泽尔宣称："最近几年，我们观察到学生购买力呈现逐渐紧张的趋势。由于房地产价格上涨，他们房租的支出增加了……但奖学金没有。"[①] 根据多利亚克[②]对学生经济困难情况做的报告，大约十万名学生生活在人均每月约六百五十欧元的贫困线以下[③]。根据 OVE 提供的数据，大约四万五千名大学生生活极为贫困，二十二万五千人支付学费有困难[④]。应当重申的是，贫困化涉及到一类学生——即家庭不愿或不能在经济上给予支持，必须基本由个人想办法解决日常生活和学习费用的学生。

---

① 让-马克·菲利贝尔（Jean-Marc Philibert），《卖淫侵入大学校园》，载于《费加罗》，2006 年 10 月 30 日，第 11 页。

② 多利亚克（Jean-François Dauriac），先后担任克莱特依（Créteil）地区大学事务管理中心（CROUS）主任（1992～2001）、凡尔赛地区 CROUS 主任（至 2004）。2000年，时任教育部长的克劳德·阿莱格尔（Claude Allègre）委任其完成法国大学生经济状况报告，为实施"大学生社会计划"作准备。

③ 让-弗朗索瓦·多利亚克，《就实施"大学生社会计划"向国家教育、研究和技术部提交的报告的注解》，巴黎，2000 年。

④ 让-马克·菲利贝尔，《卖淫侵入大学校园》，载于《费加罗》，2006 年 10 月 30 日，第 11 页。——法国目前有二百二十万名学生。

以劳拉为代表，出身平民或中产阶级的"伴游"女大学生，由于一些社会、经济因素的缺失，波及到她们的学业。而对她们来说，学业的成功是最重要的。除了个人满足感外，高等教育为她们提供了实现远大抱负——成为"成功人士"——的可能，也保证她们能过上自己从未享受过的更加舒适的生活。她们的家庭和她们本人，都不具备实现这种抱负的经济条件。在这种情况下，卖淫表现为一种为了继续追梦而作出的选择。

很多作者[1]都认为，大学生在学习投资上是不平等的，有产阶级家庭中的年轻人拥有的优势——特别是经济优势——恰恰是其他阶级家庭中的年轻人所缺乏的，这造成了他们接受高等教育的机会不平等。国家也意识到这种"机会不均等"，设立了一个机构从经济上援助有困难的年轻人（社会救济奖学金、绩优奖学金、住房补贴等），给他们提供了"提升社会阶级的基本工具"[2]。然而这个制度并不是毫无漏洞的（劳拉就没有获得奖学金），它只能满足一部分学生

---

[1] 比如皮埃尔·布尔迪厄（Pierre Bourdieu）和让-克劳德·帕斯隆（Jean-Claude Passeron），《继承者：文化专业的大学生》，巴黎：子夜出版社，1989 年；雷蒙·布登（Raymond Boudon），《机会不均等——工业社会的社会流动》，巴黎：阿尔芒柯林出版社（Armand Colin），1979 年；弗朗索瓦·杜贝（François Dubet），《大学生》，见于 F·杜贝《大学和城市》，巴黎：阿尔曼坦出版社（L'Harmattan），1994 年；斯蒂芬·波（Stéphane Beaud），《80% 的高中会考通过率……然后?》，巴黎：发现出版社，2003 年；M·厄利亚（M. Euriat）和 C·特罗（C. Thelot），《法国精英阶层的社会招聘》，载于《法国社会学》，XXXVI·3，1995 年 6~7 月，第 403~438 页。

[2] 2006 年，学生援助总额达到六十亿欧元，有二十二万名受助学生。来源：劳伦·沃切兹（Laurent Wauquiez），《学生援助：如何提升社会阶级?》，巴黎，2006 年。

的需求。五年以来，大学生的必须花费——注册费、社会保险、住房、用餐等——增长了 23%，而奖学金和住房补贴只增加了 10%。因此很多大学生必须在课业之外进行有偿兼职。

2003 年，45.5% 的法国大学生在学年里（暑假除外）做过有偿兼职[①]。像劳拉，每周二十小时课程，外加温习时间，另有十五小时在电话营销公司工作；我们可以看到，这份兼职给她正常的学习添了不少困难。她始终处于疲倦状态，健康严重透支。这一现实正如 OVE 强调的，边上课边工作会增加"失败和放弃（学业）的风险"。这主要是由于学业和兼职的互相竞争——尤其是对时间的竞争。基于这种情况，OVE 认为应该引入"学生的（经济）不稳定性"这一概念，并加以理解。从这一角度考虑，卖淫使出身寒微的大学生能够在不影响学习时间的情况下获得较为舒适的物质条件，比如确保每月房租和食物的经济来源，并最后取得成功。

尽管政府的战略是符合逻辑的，我们仍然可以看到中产阶级和平民阶级的大学生为了获得高等教育资格，为了顺利接受高等教育并获得证书，需要付出怎样的代价。很显然，社会阶级的提升和"成功"的道路并不是对每个人都平等的。

---

① 克劳德·格利农（Claude Grignon）（OVE 的科学委员会主席），《困难学生：贫穷和不稳定》——递交给青年教育及科研部的报告，巴黎，2003 年。

2) 对家庭道德观的反抗——渴望挣脱枷锁的女大学生

对有些女大学生来说，卖淫并不是出于金钱的需要。她们想借此表达一种与传统家庭价值观决裂的意志，并满足自己对"禁忌幻想"的渴望。

如今，性并不是"自由"的，因为它和所有的社会关系交互作用，需要依靠某些关系（性别、阶级、世代、文化等关系）存在；但不能否认，它体系化、制度化的一面已经越来越减弱[①]。米歇尔·波宗（Michel Bozon）指出，相对于上世纪 60 年代而言，21 世纪人们的巨大变化之一，就是"父母一辈不再强制年轻人接受限制性的标准"[②]，越来越多的人得以享受"真正的青春"，而"个人自主"概念也被广泛接受。在这种情况下，父母不再指责孩子拥有精力充沛的爱情生活，即便这就在他们眼皮底下发生。当然，并不是所有现代家庭都是如此；有些还是保存着传统价值观——主要与宗教伦理有关——并对孩子的性爱进行严格监控。

在这些保守家庭中，年轻人初涉性爱，是在家长（或者长兄长姐）的严密关注下进行的。家长对孩子——尤其是女

---

① 汤玛斯·拉克尔（Thomas Laqueur），《性的制造——身体和性别在西方》，伽利玛出版社，1992 年。

② 当然，父母还是会比较关注孩子的性行为，尤其牵涉到通过性爱传播的疾病或未采取安全措施导致的怀孕时。——米歇尔·波宗，《性的社会学》，巴黎：阿尔芒柯林出版社，2005 年，第54 页。

孩——制定一些规则，命令他们根据上述规则进行这一个人成熟的标志性活动①。因此，孩子——特别是青少年时期——的交往和出行经常受到父母的严格管制。甚至，性成为一个禁忌，很少在家庭成员的谈话中提及。

对于在这种家庭中成长起来的女大学生，卖淫被视作摆脱家庭标准和价值观的一种方式。她们借此消除父母作为模范的影响，宣布对个人欲望的自主性。也就是说，她们希望成为生活——私人生活——的主宰，参与到对个体身份的塑造中去。

3）对无偿爱情关系的反抗——失望而幻灭的女大学生

对于一些伴游女学生来说，卖淫是填补性欲和感情需求的方式。这些女生通常都对之前的"无偿关系"和爱情经历感到失望，她们觉得在上述关系里她们的价值没有获得承认。她们其实是"无偿奉献"给了不能和她们互相承诺、互相承认的男人。在这种关系里，她们感到被"背叛"、被"欺骗"，未能得到应有的尊重和敬意。

然而，这些女大学生仍然希望保持性生活，积累经验、学习技巧、改善自己的性爱能力。她们的卖淫正是出于此目的。金钱在这种性关系中的地位可以清晰地表明情况。这些

---

① 米歇尔·波宗，《性的社会学》，巴黎：阿尔芒柯林出版社，2005年，第16页。

伴游女大学生知道卖淫是完成和客人签订的"合同"，只存在有偿关系，不用期待什么罗曼史。因此她们可以不用顾虑后果地频繁"约会"，享受性带来的愉悦。

四、该如何认识这一问题？

不论促使女大学生卖淫的理由和动机如何，这一行为无论如何都不是无害的。劳拉的不幸遭遇就是证明。同样，即便这是个人的选择，那也和其他所有选择一样，是基于特殊背景做出的。卖淫并不是偶然行为。对金钱的需要、对逃离的渴求或者对爱情关系的失望，都不足以解释某些大学生卖淫的原因。

根据一项"年轻人卖淫风险"的研究[①]，这里面存在着一个"基座"，由于个人和社会的原因，"基座"上"萌生"出一些机能障碍，导致了这些年轻人开始卖淫。调查显示，"机能障碍"是多种多样而且互相影响的。可以是生活中的意外（身体、精神或性的暴力）、身份确立问题、对父母模式的认同问题、性情孤僻不合群、心理脆弱、家庭出身被社会主流排斥、成功模式被曲解，或者自己的交际圈中有人从事卖淫。

---

① 这一研究是由某个协会完成的，针对的并非大学生，而是所有十八至二十五岁间、经济状况不稳定、受到社会服务部门跟踪的年轻人。国家社会再适应协会（ANRS）——一个帮助年轻人融入社会的服务机构，《18~25岁年轻人的卖淫风险（探索性研究）》，巴黎，1995年。

因此，作出卖淫这个选择，并不是单一因素造成的，而是几种个人或社会反抗的集合产物。反常的是，对有些大学生来说，卖淫成为了一种有意义的生活方式的选择。大学生的"付诸行动"往往发生在生命中一个特殊的时刻，基于一个特殊的背景。即便这一举动的确能让他们摆脱困难形势，它也一定会造成相当的后果。到目前为止，尚没有任何研究跟踪观察这个群体，从长远的角度看到卖淫给社会和个人带来的后果。

五、有无解决措施？

将卖淫视作解决问题的手段，不管其形式如何，都反映出社会的弊病。我们已经看到，这一行为植根于男权和经济占统治地位的社会关系中。面对这一现实，我们只能期待人们的思想发生改变，以阻止不平等的继续存在。我们知道教育是改变思想的钥匙之一。然而，政府为改变社会习惯所作的努力还不够（甚至还不存在）。

当今社会，性仍被广泛地看成禁忌，刻着宗教信仰和性别歧视的烙印，将男人和女人束缚在等级化的分工不同的性角色中。羞耻、禁欲、节制、无欲，仍然被当成女性"天生"的特质。相反，欲望强烈、侵略性、行动力，被当做男性的特质。如果更多的机构和个人在他们的分析和行动中，能意识到男女社会关系的广泛多样性，他们或许就会从平等和自由主义的角度考虑性爱这个问题了。

近十年来，各届政府都想以改善年轻人的经济状况这个冠冕堂皇的目的为由，对大学进行改革。然而，所有这些改革（本科—硕士—博士学制改革、《就业机会平等法》及其臭名昭著的"首次雇用合同"、《大学自治法》……）实则都加重了学生的分化。如果政府的确是着眼于全体学生的平等来构筑计划的，它应该实施以下几条措施：重新评估社会救济奖学金（像劳拉那样的学生就能得到资助）、大力增加大学城的住房面积、改善学生兼职薪酬并使其与个人需求和能力达到统一，等等。

但是，不管是两性平等问题还是财富平等问题，政府领导层始终畏缩不前……

译后记

小时候，在家里翻出过父母年轻时手抄的小仲马的《茶花女》。泛黄的纸页诉说着属于他们的青春，而故事本身的一波三折、缠绵悱恻赚了我大把眼泪。成年后再回顾，未免觉得这个故事过于哀怜自伤，可爱情总是美好的。

手头完成翻译的这本书，原名叫《我昂贵的学业》（Mes chères études）。对于主人公劳拉来说，她的学业（études）的确很珍贵（chères），也很昂贵（chères），为此，她逐渐陷入了"茶花女"般的卖春生涯。

但这位21世纪的"茶花女"和19世纪小仲马笔下的玛格丽特又如此不同。爱情不是劳拉的重心，温情掩盖不了男友马努的自私以及两人悬殊的经济地位；和奥利弗的短暂缘分，也只是自欺欺人的幻梦一场。尽管的确是不得已而为之，但走上这样的道路，其实是劳拉本人的主动选择：在那个决定性的晚上，她"分裂成了两个人"，一个自己孤注一掷，一个自己同情而蔑视地旁观。而那之后一次又一次重蹈覆辙，一部分是贫穷窘迫的现实所逼，却也有个人欲望的驱使：想要一台电脑，想要独自居住，想要去巴黎……在乱糟糟的生活中，在暗自吞咽的屈辱中，她唯一的安慰和希望就是自己的学业。

这是一个多么清晰而典型的年轻女性形象：有美好远大的目标，清楚自己的优势，独立而坚强地面对困难；与此同时，难以抵御诱惑，因涉世未深而难免脆弱天真。她犯错，她挣扎，幸而也能够重新振作。

2008年，此书一经面世，便在法国掀起轩然大波，引发了全社会的激烈讨论，欧美各国也纷纷在主流媒体刊登评论报道，因为它毫不留情地揭露了一个富裕、安全、高福利的社会的阴暗和隐痛。

据统计，目前在法国，大约有四万名学生从事色情交易。这个数字是否可信，还有待证实。法国高等教育与研究部部长瓦莱里·佩克莱斯（Valérie Pécresse）也承认这一现象很难确切量化，因为大多数当事人都对此讳莫如深。她说政府没有对贫困学生投入足够的关注和帮助，并承诺要增加对大学生的经济补助。

在接受《泰晤士报》采访时，作者劳拉（当然是假名）表示，随着网络的发展，当普通的零工不足以支付高昂开支时，越来越多的女学生选择了以网络为媒介进行色情交易。某些色情服务业工作者的保护协会曾宣称，书中描写的学生卖淫现象只是媒体想象力丰富的臆造，劳拉对此嗤之以鼻："当媒体报道类似现象时，某些专家的回应让人失望。"劳拉认为，"事实上，有很多和我经历相似的学生从没跟其他人谈过这种事，即使对朋友也难以启齿。这是许多人的秘密和忌讳。要陷进去实在太容易了，但要摆脱则异常困难。有些人始终无法彻底脱离这样的生活。"

如今的劳拉在巴黎一家饭店工作。她下定决心要走出泥沼。那些经历不可避免地对她造成了影响："我很难和男孩子们正常地相处。我希望再也不要重温过去，重温那些赤裸裸的金钱与肉体的交易。"

毫无疑问，社会机制的完善需要很长时间，而"劳拉们"的自我重建会是更艰难的一段历程。许多批评都看重本书广义上的现实价值，从中发现和探讨社会的弊病。而在我看来，"个人性"是它最可贵的价值。因为调查和统计中的"劳拉们"总是被简化为扁平的、刻板的数字，而在这样的书里，至少有一个"劳拉"站了出来，青春地、活生生地、袒露她的全部，让读者随之共同体验一次挣扎，了解一种心态，触摸一段人生。

社会远不完美，也永不可能完美。当时代的潮流裹挟着我们前进，剧变中的群体难免随波逐流，体验比以往任何时期都更复杂的跌宕起伏。而作为个体，我们都需要保留一个角落，时常停下来自我审视，偶尔允许自怜自伤，并鼓起勇气确立真正的自我。从这个意义上说，互联网时代的文学，即便已被虚拟和影像世界挤压了很多空间，却始终拥有救赎人心的力量。

是为后记。

时利和

2010 年 6 月梅雨午后

（京权）图字：01-2010-5714

图书在版编目(CIP)数据

　　象牙塔里的茶花女／（法）劳拉著；时利和译，
－北京：作家出版社，2012.8
　　ISBN 978-7-5063-6188-0

　　Ⅰ.①象… Ⅱ.①劳…②时… Ⅲ.①纪实小说－法
国－现代 Ⅳ.①I565.45

中国版本图书馆CIP数据核字（2011）第244413号

Mes chères études
Copyright © Laura D., 2008
Tous droits réservés

H 策划：猎文文化发展有限公司
Chasse Litté

象牙塔里的茶花女

作者：（法）劳拉·D
译者：时利和
责任编辑：冯京丽　邢宝丹
装帧设计：视觉共振设计工作室
出版发行：作家出版社
社址：北京农展馆南里10号　　　　**邮编：**100125
电话传真：86-10-65930756（出版发行部）
　　　　　　86-10-65004079（总编室）
　　　　　　86-10-65015116（邮购部）
E-mail: zuojia@zuojia.net.cn
http://www.haozuojia.com（作家在线）
印刷：紫恒印装有限公司
成品尺寸：140×205
字数：120千
印张：7
版次：2012年8月第1版
印次：2012年8月第1次印刷
ISBN 978-7-5063-6188-0
定价：25.00元